키다리의 꿈

김 사 윤

우리, 지금 이대로 괜찮을까요? 가슴과 가슴이 맞닿는 인간의 감성을 외면하며 살아가는, 우리는 날이 갈수록 점이 되어 언젠가는 아득히 사라질 것만 같아요. 우리 정말 지금 이대로 괜찮을까요.

저마다 작은 창을 내고 창밖 사람들의 이야기에 귀를 기울이며 살아온 우리가 아니었던가요? 미담(美談)이 일상이었던 우리가 언제부터인지 남의 일에 냉담해지고 무감해지면서 '따로' 살아가고 있습니다.

힘들어도 힘들다고 이야기할 수 없는 세상, 누군가의 비명이 묵음(默音)이 되어 우리 귀에 더 이상 들리지 않을 때 느끼는 감정은 '공포'입니다. 우리가 비명이 되어 타인에게 닿지 않는다면 '우리'는 어떨까요.

당신도 저도 혼자입니다. 그래서 우리는 서로의 힘듦과 외로움을 보듬어야 합니다. 저마다의 빛으로 서로를 밝혀 살아갈 우리는 '함께'여야 합니다. 당신과 제가 먼저 촛불을 밝혀야만 합니다.

　하얀 눈이 밤새 소복하게 쌓일 수 있는 것은 소리 없이 고요히 내리기 때문입니다. 아무리 깊은 우물이라도 우리가 길어 올린 '두레박'의 맑은 영혼이 힘들고 지친 사람에게 꿈과 희망의 마중물이길 소망합니다.

　지금 이대로, 우리 괜찮을까요? 신앙으로 인도하는 성직자가 부정을 저지르고, 교사와 학생이 악다구니를 쓰는 세상에서 '어른'의 소리를 담고 싶었습니다. 차마 이대로는 괜찮지 않을 것 같아서요.

　상식과 지식을 바탕으로 사회의 전반적인 내용들을 다루되, 낯설지 않게 익숙한 어조로 수년간 일간지에 게재된 글들을 중심으로 선별해서 실었습니다. 지금보다 우리가 좀 괜찮아졌으면 해서요.

2024.5.18. 진밭골에서

김사윤

| 차례 |

Contents

2. 학교 밖 아이들의 미소

3. 유토피아의 두레박

Contents

4. 물어보자, 삶에게

1

그물을 꿰는 시(詩)

글은 '짓는다'고 한다.
밥을 짓듯이 정성스럽게 쌀을 씻고, 시상(詩想)의
불씨를 꺼뜨리지 않고 솥을 안치고 뜸을 들이는 일,
이것이 시를 쓰는 일이다.

톰(Tom)과 고다이버(Godiva)

'밸런타인데이'와 '화이트데이'가 해마다 연인들이 사랑을 고백하는 날로 자리 잡은 지 오래다. 밸런타인데이는 3세기(269년) 로마 시대에 순교한 사제의 이름에서 유래되었다. 황제의 허락 없이는 결혼이 불가했으나, 이를 거부하고 사랑하는 연인들의 결혼을 증언한 이유로 순교한 밸런타인(Valentine)을 기리며 축일로 기념하고 있다. 반면 화이트데이는 일본의 사탕 제조업자들이 밸런타인데이에서 아이디어를 얻어 만들었다고 전해진다. 초콜릿이나 사탕으로 마음을 전하는 것이 일반적인데, 요즘은 다양한 선물로 대신하기도 한다. 그중 1926년에 탄생한 벨기에의 고디바(Godiva)초콜릿이 유명하다.

11세기 초 영국 중서부에 있는 코번트리의 영주 레오프릭 백작(Leofric, Earl of Mercia)의 아내가 고다이버(Godiva)다. 백작은 매번 가난한 농민들의 세금을 낮춰달라는 아내의 요구를 일갈하기 위해 "당신이 알몸으로 말을 타고 성내를 한 바퀴 돈다면 그렇게 하겠다."고 했다. 그의 예상을 깨고 고다이버는 알몸으로 백마를 타고 실제로 성내를 돌았다. 이 소식을 전해 들은 마을 주민들은 그녀에게 감동하여 그녀를 위해 집 안의 모든 커튼을 치고, 외출을 삼갔다. 그녀의 용기에 감동한 백작은 약속대로 세금을 내리고 훌륭한 영주로 자리를 잡았다는 이야기가 전해진다.

여기에 덧대는 이야기가 하나 더 숨겨져 있다. 그 와중에 마을에서 유일하게 고다이버의 알몸을 엿본 톰이라는 재단사가 며칠 후 눈이 멀었다는 이야기다. 훗날 그의 이름은 관음증 환자를 일컫는 'Peeping Tom'에 숨겨진 채 지금까지 쓰이고 있다. 레오프릭과 고다이버는 실존 인물이지만, 이 이야기는 설화로 전해진다. 사실관계를 떠나 우리가 살아가는 현대사회에도 폭정을 세도(勢道)하는 무리가 있고, 이를 바로잡기 위해 노력하는 고다이버가 존재한다. 권세에 빌붙어 선량한 탈을 쓰고 사리사욕을 채우기 위해 살아가는 수많은 '톰'도 있음은 물론이다.

1996년 2월부터 10개월간 재판을 받고 군 형법상 반란

및 형법상 내란 목적 살인, 뇌물수수 등의 혐의로 구속되어 1996년 8월에 사형을 선고받았던 전두환 전 대통령, 그는 1997년 4월에 무기징역형으로 감형되고, 15대 대통령 선거 직후 여야의 협의를 거쳐 특별사면을 받았다. 그런 그가 1980년 5·18 민주화운동 당시 벌어진 계엄군의 헬기 사격을 증언한 고 조비오 신부를 '사탄', '파렴치한 거짓말쟁이'라고 비난했다. 그 후 사자 명예훼손 혐의로 2019년 3월 11일 23년 만에 또다시 법정에 섰다. 2013년 10월에 추징금 집행시효 만료일을 앞두고 "전 재산이 29만 원밖에 없다."라며 국민의 공분을 샀던 그가 "발포 명령을 부인하느냐"는 기자들의 질문에 "이거 왜 이래"라고 짜증 섞인 말투로 소리를 질렀다. 그는 11대, 12대 대한민국 대통령이었다. 안타깝게도 오랜 집권 당시부터 사망할 때까지 그의 주변에는 고다이버(Godiva) 같은 존재는 없었나 보다.

유명연예인이나 정치인들의 사건들이 불거질 때마다 수많은 톰이 지켜보고, 눈이 멀었다. 그들에게 열광했던 국민도 반성해야 한다. 스스로 돌아보면 내 안에도 얼마나 많은 고다이버와 톰이 발자국을 남겼던가. 고다이버의 용기와 톰의 비겁이 내 안에서 치열하게 갈등을 빚고 있을 때, 누군가는 정의롭게 일어나 소리쳐 외쳐주었으리라.

  언제나 그랬다. 내가 망설이고 고민하는 사이에 수많은 의인들이 상처와 배신감으로 치를 떨었으리라. 다시는 망설여서는 안 되리라. 어떤 유혹에도 흔들리지 않는 바위처럼 굳건하게 나를 지켜내는 것이 마침내 우리를 지켜내는 일임을 잊지 말아야겠다.

  민주주의 맹점 중 하나인 다수결이 때로는 우리들의 눈을 멀게 하기도 한다. 소수의 정의라 할지라도, 다수의 불의에 맞서 싸울 수 있는 용기가 이 나라를 바로 세우는 일임을 잊지 말아야겠다.

  톰, 부디 영원히 안녕.

최후의 만찬

 해마다 똑같다. 연말연시를 맞이하여 여기저기서 날마다 회식이다 뭐다 해서 거나한 술자리들이 잦다. 올해는 특히 내가 거주하는 대구 경북권의 체감경기가 좋지 않다고 해서 많이 줄어들 것이라 예상했지만, 인정(人情)은 그렇지 않나 보다. 작년과 크게 달라진 점을 찾지 못했다. 역대 최장 추석 연휴에 타격을 받았던 외식업 자영업자에게는 다행스러운 일이 아닐 수 없다.

 이맘때면 '최후의 만찬'이 떠오른다. 르네상스 시대의 레오나르도 다빈치의 작품을 이야기하자는 것은 아니다. 물론 당시 예수의 배신자 '유다'를 건너편에 두거나 아예 배제해버린 다른 작가들과는 달리 당당하게 다른 제자들과 함께 배치한 다빈치의 기발한 해석에는 박수를 보낸다. 그들의 해석은 숭고한 의미와 더불어 성화(聖畵)로서의 기능성에 주안점을 두었다면, 우리들의 만찬은 해가 뜰 때까지

지쳐 쓰러지는 처절한 몸부림일 때가 많다. 모두 그렇지는 않겠지만, 새벽에 거리를 걷다 보면 영하 5도에 육박하는 날씨에도 무리로부터 소용가치가 떨어지거나, 독립되어 떨어져 나온 만취한 취객이 비틀대며 도로를 가로지르는 모습을 쉽게 본다. 위험천만한 일이다.

이쯤 되면 술자리 문화에 대해 진지하게 고민해 볼 필요가 있다. 그나마 다행스러운 건 요즘 억지로 술을 권하는 이들이 드물다는 점이다. 이 당연하고도 상식적인 예의가 지켜지기까지 수십 년, 아니 그 이상 걸렸던 것 같다. 나도 술에 약하기 때문에 약자(?)를 더욱 이해하고, 남들과 어울리기 위해 다양한 방법을 많이 고민했을 수도 있다. 그러니 부디 애주가 여러분의 깊은 이해와 배려를 부탁드리면서 세 가지 소통의 약속을 제안하고자 한다.

첫째, 억지로 술을 권하지 마라. 앞서 이 부분은 요즘 잘 지켜지고 있다고 하였으니, 굳이 언급할 필요도 없겠지만, '술은 마실수록 주량이 는다.' '나도 옛날엔 못 마셨지만, 지금은 잘 마신다.'라는 말로 현혹하려 들지 마라. 마시고 싶으면 알아서 마시게 되어 있다. 물론 술은 마실수록 늘 수도 있지만, '죽을 수'도 있다. 나만 취하고 상대가 멀쩡하면 혹시 흉이 될까 두려운가. 걱정할 것 없다. 기억할 사람은 만취한 사람도 다 기억한다. 아예 실수할 생각을 안 하는 게 맞다. 술 마시면 반드시 실수해야 하는 '강박관념'을 가진 사람도 있는 것 같다. 술에 취해서 실수가 허용되는 경우는 딱 두 가지뿐이다. 비틀거리는 걸음걸이와 커지는 목소리다. 성희롱이나 폭력 등은 술을 빙자해서 넘어갈 문제는 아니다.

둘째, 마치는 시간을 명확히 하라. 특히 신입사원이나 다양한 '을'의 위치에 있는 사람들이 궁금해하는 건 '이 회식은 언제쯤 끝날까?'일 수도 있다. 본인들의 과거를 생각해 보라. 상사들의 뻔한 노래를 매번 들으며 다음 날 출근해서 밀린 업무를 처리할 걱정을 하지 않았던가. 무엇이 그리 즐겁겠는가. 어쩌면 당신과 마주한 직원은 회식 내내 홀로 남겨진 노모의 안위를 걱정하고 있을 수도 있다. 지금의 술자리가 그만큼 값지고 소중한 시간인지 돌이켜보고 기왕이면 명확하게 시간을 정해두는 것이 서로에 대한 배려일 수 있다.

셋째, 조용히 얘기하라. 술을 마시다 보면 주의가 흐트러지고, 일시적이지만 청각이 마비되어 잘 들리지 않을 수 있다. 그래서 점점 본인의 목소리도 커진다. 그러다 보면 엉뚱하게 옆 테이블의 객들과 시비가 벌어지기도 한다. 반복해서 큰 소리로 이야기하다 보면 무의식중에 상대가 반발할 수도 있다. 같은 말을 몇 번이나 하냐고 역정을 내기도 한다.

술자리에서 고성을 지르는 부류는 대개 유년기에 상처를 안고 있는 사람들이 많다. 폭력적인 사람들도 마찬가지다. 병따개를 앞에 두고도 탁자로 '꽝' 쳐서 겨우 술 한 병 따는 걸 재주랍시고 부리기도 한다. 주위에서 얼마나 눈살을 찌푸리는지조차 모른다. 안타깝지만, 어렸을 때 무시를 당하거나 부모로부터 심한 폭언과 폭행을 겪은 이들이 이렇게 성장할 가능성이 매우 높다고 한다. 본인의 부단한 노력을 통해 개선하지 않으면 사회에서 격리될 가능성도 농후한 경우다.

술자리는 '치외법권'의 성지(聖地)가 아니다. 모든 게 용서된다는 관용을 기대하는 이들은 최대한 빨리 정신을 차려야 한다. 넘어진 여직원을 일으켜 세워준답시고 슬쩍 가슴을 스친다든지 여흥의 시간에 엉덩이를 더듬는 교활한 이들도 있다. 정말 모를 것 같은가. 결정적인 순간에 당신이 기대한 그 관용이 족쇄가 되어 당신을 부끄럽게 만들 수 있다.

지금은 그들이 침묵하지만, 언제 문제 삼을지 모르는 지뢰들을 당신 스스로 뿌려두고 있다고 여기면 틀림없다. 당신의 아내와 여동생이 직장에서 똑같은 일을 당한다고 생각해 보라. 이해가 쉬워진다. 건전한 음주문화는 꼭 필요하다. 조직 내에서 화합을 위한 자리가 '최후의 만찬'이 되어 버리지 않기를 바라고, 부디 나의 우려가 기우(杞憂)에 그쳤으면 한다.

무산(巫山)의 꿈

　사회생활을 한다는 것은 무리 지어 함께 공동의 생활을 하는 것을 의미한다. 최소의 구성단위는 가정이 될 것이고, 최대는 국가라고 볼 수 있겠다. 대개 국가와 국가는 무장한 채, 지구촌의 질서와 제한적인 평화를 유지해 가며 존속하고 있다. 점층적인 구조의 틀에서 가장 위험하고 중요한 것은 역시 가정이다.

　요즘 '사랑' 없는 가정이 현격히 늘어나는 추세라고 한다. 사랑으로 결혼을 선택해서 출산하고, 함께 양육하며 해로(偕老)하는 것이 부부의 도리다. 도리(道理)는 즐거워서만은 아니지만, 억지는 더더욱 아니어야 한다. 다만 부부로서 그 정도의 의무감은 유지해 주어야 한다는 것이다.

　'사랑의 끝은 책임'이라는 말도 있다. 가정폭력이나 그 외에 치명적인 균열까지 감내하며 책임지라는 의미는 아니다. 지옥처럼 힘든 결혼생활을 유지하는 것은 한 개인의 인권을 침해하는 것이다. 그럴 때는 차라리 헤어지는 것이 옳다. 지금은 이혼에도 합의가 필요하고, 원만하지 않으면 소송도 불사하는 것이 사랑의 끝이 되어 버렸다. 친권을 포기하는 것조차 망설이지 않는 가장들도 늘어나고 있다.

미혼의 청춘들이 결혼을 망설이는 이유는, 기혼자들이 희망과 사랑을 보여주는 것에 인색했던 탓도 크다. 국가 위기의 하나로 꼽는 저출산의 원인도 다른 곳에서 찾을 것이 아니라 여기서부터 시작하는 것이 옳다. 단순한 경제 논리로 저출산을 이해할 것만이 아니라, 사랑과 책임의 부재에 따른 사회적 문제부터 해결하는 것이 오히려 논리적일 수도 있다.

무산지몽(巫山之夢)이라는 고사성어가 있다. 초나라 양왕의 선왕(先王)이 꿈속에서 만난 무산(巫山)에 산다는 한 여인과 정사를 나누었다는 데서 유래되었다. 그 여인이 아침에는 구름이 되고, 저녁에는 비가 되어 양대(陽臺)에 머물겠다고 낭만적으로 표현하지만, 따지고 보면 낯선 여인과의 운우지정(雲雨之情)을 미화하는 몽정일 뿐이다. 일탈의 욕구는 범인(凡人)이나 임금이나 별반 다를 바 없는 모양이다.

배우자의 외도를 과거에는 법으로 금하고 처벌을 내릴 수 있었지만, 지금은 대부분 위헌으로 결정이 났다. 혼인빙자간음죄는 혼인을 빙자하거나 기타 위계로써 음행의 상습 없는 부녀를 기망하여 간음한 자를 처벌하는 죄였으나, 2009년 11월 26일 자로 위헌 결정이 났다. 그뿐인가. 간통죄는 2015년 2월 26일 국민의 성적 자기결정권과 사생활의 자유를 침해하므로 헌법에 위배된다는 판결이 내려지면서 62년 만에 폐지되었다. 이젠 법적으로 외도를 처벌할 방법은 어디에도 없다.

80년대에는 의사나 검사 등의 전문직을 사칭하여 부녀자들로부터 수차례 금품까지 수수한 사건을 심심찮게 볼 수 있었다. 당시 사회 전반에 만연했던 '사자(士者)신드롬'을 보여준 사건들이었다. 단 여기서 '음행의 상습적인 부녀'는 보호받을 수 없었다. 음행의 상습이라면 여러 가지가 있을 수 있겠으나, 흔히 외간 남성들과 평소 얼마나 잘 어울려 다녔는지, 부적절한 장소를 얼마나 자주 드나들던 여인이었는지가 여기에 해당할 수 있겠다. 물론 지금과는 비교도 할 수 없을 만큼 보수적인 잣대였겠지만, 음란한 여성만큼은 보호해 주지 않겠다는 법 정신이 놀라울 따름이다. 어떻게 구별해 낼 수 있을까 의문이지만, 으름장 정도로 이해하고 이미 폐지된 법안이니 더 이상 왈가왈부할 가치는 없어 보인다.

12월에는 각종 모임이 한창이다. 좋은 인연들과 뜻깊은 시간을 가질 수 있어서 설레는 기간이기도 하지만, 우려되는 잠재적인 위험도 도사리고 있다. 남녀가 어울리다 보면, 잦은 술자리에서 씻을 수 없는 치명적인 실수가 일어나기도 십상이다. 건전한 교제와 부적절한 교접은 마음먹기에 따라, 종이 한 장 차이에 불과할 수도 있다. 순수한 욕망과 동물적 욕망은 언제나 아슬아슬한 잣대를 두고 가늠해 왔다. 인류를 위한 학문과 예술의 발전을 가져온 것이 순수한 욕망이라면, 암수의 교접, 특히 출산 또는 사랑을 고려하지 않은 쾌락의 욕망은 인간들의 욕정에 불과한 것이니, 격이 떨어지는 일이 아닐 수 없다.

얼마 전에 개봉해서 화제가 되었던 영화 〈완벽한 타인〉

은 관객들에게 큰 공감과 반향을 불러일으켰다. 소름 끼칠 만큼 솔직하고 담담하게 그려낸 이 영화는 특별한 기교나 배경이 없다. 불륜 커플부터 성소수자까지 등장인물이 다양하다. 영화가 시작되면 한동안 부유층의 살림살이와 화려한 식탁, 디저트에 이르기까지 관객으로 하여금 부러움을 자아내지만, 후반부로 가면서 점점 '내가 아니어서 다행이다.'라는 안도감으로 한숨을 내쉬게 만든다. 누군가의 제안으로 휴대폰을 공개하자는 데서 긴장감을 고조시키고 마침내 진실과 마주하면서, 흔들리는 자아들을 만나게 된다.

불완전한 사람들과 완전한 기록들과의 고투(苦鬪)가 보는 이로 하여금 잠시도 긴장을 늦출 수 없게 만든다. 누구나 무산(巫山)의 그녀 혹은 그를 꿈꾸고 있었을지도 모르기 때문이다. 불완전한 인간이 유혹으로부터 자유로울 수 없지만, 이를 참아내고 이겨내는 것 또한, 인간이기 때문에 가능한 것임을 기억해야만 한다.

촌철활인(寸鐵活人)

　공자가 말하길, 현인(賢人)은 지혜로울수록 어리석은 것
처럼 보여야 하고, 공이 뛰어날수록 겸허하게, 용맹스러워
도 두려운 것처럼, 부유할수록 겸손해야 자신을 지킬 수
있다고 했다. 맞는 말인데 행하기가 쉬운 말은 아니다. 어
떤 조직에 속해 있든 공과를 다투는 것이 일반적이고, 무
엇보다도 고과 성적에 따라 진급을 결정짓는 수직관계의
현실에선 어쩔 수 없는 일이다. 수직적인 조직이 장기적으
로 발전을 가져올 수 없다고 해서 팀제로 전환한 사례도
있지만, 그곳에도 팀장이 있지 않은가. 물론 팀장은 프로
젝트에 따라 수시로 바뀔 수 있다고는 하나 크게 달라진
건 없는 것 같다. 어느 조직이든 지도자의 역할은 필요하
고 이는 책임감과 바로 맞닿아 있기에 신뢰할 수 있는 책
임자의 선별은 불가피하다.

　오래전부터, 경영학을 비롯한 여러 분야에서 인사조직에

관한 연구는 이어져 왔다. 그렇지만, 어느 하나 속 시원한 해답을 내놓는 학자는 없었다. 그럴 수밖에 없는 것이 급변하는 시대적 상황변화와 사람들의 인식변화를 따라갈 수 없었기 때문이다. 또한 정치적 상황에 따라 이론적 기반이 무시되기 일쑤였기 때문이기도 하다.

수직적 명령체계가 신속한 의사결정에 적합하다고 해서 우리나라 근대사에 성행했던 가내수공업이나 소규모 기업에서는 라인조직의 형태가 활용도가 높았다. 하지만, 경제협력개발기구의 가입 등으로 국제적인 기구들과의 소통과정에서 인권에 관한 부분에 대한 지적을 받으면서 점차 스텝조직으로 발전하게 되었다. 물론 이 또한 완벽할 수는 없었다. 그래서 에머슨(H. Emerson)이 직계참모조직(line and staff organization)을 제안함으로써 이상적인 조직의 형태가 만들어진 듯했다. 결과적으로는 이 또한 이상에 불과했다.

한편 인사관리의 형태도 이에 뒤질세라 다양하게 나타났다. 이의 발전에는 대기업 홍보부서의 역할이 컸다. '나눔 경영', '섬김 경영', '펀(fun) 경영'에서 '신바람 나는 일터'에 이르기까지 유능한 인재를 놓치지 않으려는 노력은 계속되어 왔지만, 아직도 대기업의 이직(移職)은 실로 심각한 수준이라고 한다. 간혹 핵심 기술을 가진 사람이 이직할 경우에는 실로 기업의 존폐에 영향을 줄 만큼 중대한 사안인지라, 이에 걸맞은 대우를 해줄 수밖에 없다 보니 억대 연봉자들이 속출하기에 이르렀다. 다수의 부러운 시선을 한 몸에 받는 그들의 행복 지수는 어떨지 궁금해서 물어봤더니, 의외로 행복하지 않다는 답변이 돌아온다. 정작 그들은 격무에 시달리는 데다 전 세계의 동종 업계가 모두 경쟁자다 보니 만성적인 강박증까지 생겼다는 것이다. 일반적인 중소기업에 종사하는 근로자 대부분은 공감하기 힘든 대목이다. 그 정도 대우를 받을 수만 있다면 '나'도 그만큼의 능력을 보여줄 수 있을 것만 같은 착각에 빠지기도 한다. 여기에서 우리는 '내가 그의 입장이라면 행복할 수 있는가' 하는 한 가지 명제를 얻는다.

누구나 '내'가 처한 환경과 여건을 모두 이해할 수는 없다. 다수가 공감하기 위해서는 '일반적인 현실'에 대한 이해가 앞서야 한다. 대기업에 다니는 직장인들이 받는 업무적인 스트레스만큼이나 중소기업 종사자들은 박봉에 시달리며 살아간다. '나'의 월급에 매달 과한 세금을 부과한다고 누군가 와서 불만을 토로하면 '나'는 그를 위로해 줄 수 없다. 오히려 그에게 타박할지도 모르겠다. 이렇게 우리는 서로 입장이 다르다. 그래서 공자의 이야기처럼, 가진 사람들은 굳이 가진 티를 내지 말고, 본인 스스로 생각해도 너무 우월한 능력을 갖고 있다고 여겨지더라도 자화자찬(自畵自讚)을 삼가기를 바라는 마음이다. 이는 능력과 재력을 갖지 못한 사람에 대한 예의가 될 수도 있겠지만, 본인의 처세술이기도 하다.

우리는 촌철(寸鐵)로 살인을 저지르기에도, 사람을 살려 내기에도 손쉬운 시대에 살고 있다. SNS를 볼 때마다 그런 생각이 든다. 길지 않은 문장으로 한 사람의 인격이 도륙되어 낯을 들고 다닐 수 없을 만큼 소위 신상을 털어 버리는 일은 예사다. IT 강국이 좋기만 한 것은 아닌 모양이다. 말 한마디 여차 잘못하면 당장 여기저기 공유되는 데 그치지 않고 구글(Google)의 친절한 위치검색 서비스 덕분에 네티즌들의 거주지까지 파악하는 것도 어려운 일이 아니다. 게다가 보안이나 정보 계통의 종사자들조차 페이스북이나 트위터를 통해 도움을 주고 있는 형편이다 보니 처신이 더욱더 조심스러워지는 상황이기도 하다.

촌철활인(寸鐵活人)이어야 한다. 예전에는 상대를 비꼬거나 놀리는 반어적인 말을 잘하는 사람을 '재치가 있는 사람'이라면서 추켜세우던 시기가 있었다. 정치적으로 불안정하고 대놓고 말하기 힘들었던 인권유린의 80년대의 상황에서는 하물며 이런 은유적인 표현을 하는 사람을 '용기 있는 자'라고 일컬었다. 상당 부분, 이 또한 사실이다. 지금은 그런 식의 재담은 필요치 않다. 말 한마디에 용기를 얻고 말 한마디에도 희망을 심어줄 수 있는 도서가 인기를 얻고 있다. 비아냥대는 말투를 상용화하는 이들은 그들끼리의 소통에도 어려움을 겪는다. 누군가를 놀리기를 즐기는 이들은 본인이 그 대상이 되는 것을 죽기보다 싫어하기 때문이다.

목숨을 내놓고 글을 쓸 수밖에 없었던 시기에도 문학이 더욱 역동적으로 살아 숨 쉴 수 있었던 것은 대중들의 양심과 정의를 믿었던 문학인이 존재했기 때문이 아닐까. 풍자와 비유로 시대적인 고민을 표현했던 작가들은 대부분 핍박과 필화에 시달리다 삶을 마감했다. 그중에 이미 작고한 민중시인 김남주의 시집 《조국은 하나다》에 실렸던 〈낫〉이라는 작품이 떠오르는 오늘이다.

낫 놓고 ㄱ자도 모른다고/주인이 종을 깔보자/종이 주인의
모가지를 베어버리더라/바로 그 낫으로.

농담의 선(線)

　《구운몽》은 조선 숙종 때 서포 김만중의 장편소설이다. 병석에 계신 어머니의 무료를 달래드리기 위해서 썼다는 설과 중국 사신으로 갔을 때 어머니가 중국소설을 구해달라고 했는데, 깜빡 잊어버리고 와서 본인이 직접 창작했다는 설이 있다. 근본적으로 그의 효심(孝心)에서 비롯된 작품이라는 점에서 동기는 맥을 같이 한다. 그 내용을 살펴보자.

　주인공 성진은 팔선녀를 농담으로 희롱하다가 인간 세상으로 유배된다. 성진은 어린 나이에 등과하고 승승장구하며, 함께 유배된 팔선녀들과 차례로 부부의 연을 맺는다. 그 후, 부귀영화는 한낱 하룻밤의 꿈이었음을 깨닫고 팔선녀와 함께 극락세계로 돌아간다는 줄거리다.

　이 모든 사건의 발단은 욕망이라는 사심을 담은 주인공

의 '농담'이다. 성진은 한마디로 손해 볼 것 없는 내세와 현세를 모두 경험한다. 유배라는 말이 무색할 만큼 누릴 것다 누리고 허무함을 깨달으며 열반에 이른다. 이 작품은 팔선녀의 미모나 재능을 남성 중심으로 묘사한 부분이라든지, 양소유의 아내로 연을 맺는 것이 최고의 영예인 양비치는 점은 다소 아쉽다. 주제는 일장춘몽(一場春夢)일지라도 당시 사내들의 '꿈'을 거침없이 노래하고 있는 작품이기도 하다.

오랜만에 선후배가 한자리에 모였다. 그중에서 선배 A와 후배 B는 과하다 싶을 정도로 농담을 즐겼다. 가령 A가 "여태 살아있었네?"라고 치면 B가 "선배님도 향냄새가 그립죠?"라고 받았다. 그 둘이 농담을 주고받을 때마다 주변인들은 조마조마할 수밖에 없었다. 언제 선(線)을 넘을지 모를 일이고, 이미 그 이유로 수년간 서로 보지 않을 때도 있었던 만큼 그들의 농담은 늘 아슬아슬했기 때문이다.

이번에도 농담을 주고받다가 B가 정색을 하고 A에게 진담을 던졌다. 마침내 언성이 높아지더니 결국 기약 없는 결별을 선언하고 그 자리를 파하고 말았다. 농담은 농담으로 끝나야 농담인 거고, 농담을 진담으로 받으면 한쪽은 무안해지게 마련이다. 반대로 진담을 농담으로 받으면 대화 자체가 의미 없어진다. 그래서 선(線)을 지키는 것이 중요하다. 대화는 말로만 이루어지는 행위가 아니다. 표정과 몸짓까지도 대화의 범주에 포함이 된다. 대화 내용과 함께 어떻게 조합하는가에 따라서 상대의 반응이 달라진다.

농담은 상대를 놀리거나 실없이 건네는 말이다. 흔히 '웃자고 하는 말에 죽자고 덤빈다.'고 한다. 영어에도 이와 비슷한 단어가 있다. 유머(humor)와 조크(joke)가 그것이다. 전자가 모두를 즐겁게 한다면, 후자는 내용에 따라 기분이 나쁠 수도 있다. 두 가지 모두 위트(wit)를 기반으로 한다. 농담은 희롱한다는 의미도 내재되어 있으니, 아무래도 조크에 가까울 수 있겠다. 아무리 상대를 생각해서 조언한다고 해도, 비판의 형식을 띠면 수용할 마음이 사라진다. 대화도 기술이 필요하고, 무엇보다 배려하는 마음이 우선이다. 상대로부터 무시와 경멸을 받는다는 느낌이 들면, 더 이상 대화할 마음도 사라진다.

특히 요즘은 코로나라는 역병(疫病)이 잔존하고 있어 대화할 기회도 많이 줄었다. 서로를 격려하고 힘이 되어주는 대화가 절실하다. 누구도 선(線)을 넘지 않는 즐거운 대화 말이다.

'한낮'의 대화

예전에 발표한 시집 《여자, 새벽 걸음》은 여자의 시선으로 세상을 바라보는 작품들을 중심으로 수록되었다. 처음부터 독자들이 의구심을 가졌던 부분은, 몇 작품 정도는 화자가 여자일 수 있어도 어떻게 남자가 여자의 입장으로 이렇게 많은 시를 쓸 수가 있냐는 것이었다. 나는 여러 언론과 잡지를 통한 보도자료에서 이미 이 부분은 감성으로 이해할 수 있고, 얼마든지 표현이 가능하다고 밝힌 바 있다. 동성이라고 해서 전부를 이해할 수 없듯 이성이라고 해서 무조건 이해할 수 없는 것은 아니다. 물론 동성이라면 쉽게 이해될 수 있는 부분도 좀 더 어려운 경로나 경험을 통해서 이해할 수밖에 없다는 불편함은 있지만, 전혀 불가능한 건 아니란 소리다.

문학의 여러 갈래 중에 '시'는 가장 무례한 장르라고 느낄 수도 있다. 소설이나 수필의 경우 처음부터 끝까지 읽다 보면 자연스럽게 모두 해결(?)되는 친절함이 있는 반면에 시는 기껏 '제목'에서 전체를 이해하는 단서를 유추해보는 것이 작가가 베풀 수 있는 최대한의 '친절'이라고 볼수도 있다. 너무나 간결하고 단순해서 이해하기 쉬운 작품이 있는가 하면 도무지 무엇을 노래하고 있는 건지 알 수없을 정도로 난해한 작품들도 헤아릴 수 없을 만큼 많다. 어떤 것이 더 훌륭한 작품인지 가늠하기 힘들지만, 현학적인 표현을 통해 독자들을 미궁 속에 빠뜨리고 본인만 만족하는 작품은 좋은 작품이 아니라는 점과, 쉬운 작품임에도 깊이 공감할 수 있다면 좋은 작품이라는 점은 분명하다. 여기에서 더 나아가 중의적인 시어들과 비유와 은유를 통한 다양한 표현으로 작품의 수준을 가늠해 볼 수 있는데, 한마디로 함축적인 의미를 품은 운문의 묘미를 잘살리면서 독자들이 끄덕이며 마침내 이해될 수 있는 작품이라면 오랫동안 사랑받는 좋은 시라고 할 수 있겠다.

오늘 며칠이에요?/10일이죠?//묻는 거야?/가르쳐 주는 거야?//얘기하고 싶어서요.

'한낮'이라는 작품의 전문이다. 이 짧은 작품은 3연 5행으로 구성되어 있다. 그게 전부다. 이런 종류의 시를 이해하기 위해서는 호흡이 매우 중요하다. 어떻게 읽느냐에 따라 의미가 달라지기 때문이다. 급하게 읽으면 한 사람의 독백인지 두 사람의 대화인지 알 길이 없다. 그렇지만, 천천히 읽어보면 1, 2, 5행과 3, 4행으로 화자가 구분됨을 알수 있다.

모든 관계에서 무료(無聊)는 무관심이 낳은 질병이 아닐까 싶다. 특히 연인을 만나게 되면 처음에는 시간이 모자랄 만큼 이야기할 것이 많고, 사소한 일상의 대화에서도 웃음을 터뜨리며 행복에 겨워하곤 한다. 그러다가 서로의 친구와 가족을 소개하면서 관계의 폭이 넓어지고 마침내 서로를 인정하며 주위의 축복을 받는 '결혼'이라는 형식을 통해서 새로운 가정이 만들어진다. 두 사람이 익숙해지면 소홀해지고, 그럴 때쯤 출산하고 아기의 몸짓 하나에도 행복에 겨운 새로운 공감대가 형성되면서 안정감을 느끼게된다. 여기에서 안정감은 불안과 초조라는 긴장감을 이겨낸 편안함일 수도 있지만, 사실은 관심의 이완(弛緩)이 진행되기 시작한 것이라고 볼 수도 있다.

모든 것이 안정되면 모순되게도 본능적으로 삶의 본질에서 배제할 수 없는 갈등과 분쟁이 잦아지고, 그 단계조차 넘어서면 무심해지게 마련이다. 여기에서 무료함은 거짓말처럼 우리에게 말을 건넨다. 함께 있어도 대화할 소재가 사라지게 된다.

어느 휴일 한낮에 TV를 무심하게 바라보는 남자에게 여자가 말을 건넨다. 오늘이 며칠이냐고 물어보지만, 남자는 듣고도 침묵한다. 여자가 포기하지 않고 다시 '10일이 맞냐'고 묻자, 남자가 '알면서 왜 묻냐'며 짜증을 내며 반응한다. 주눅이 든 여자는 얘기라는 걸, 대화라는 걸 해 보고 싶어서라고 혼잣말처럼 대답하는 장면을 떠올려 보라. 이 얼마나 안타까운 상황인가.

한때 그녀와의 시간을 만들기 위해 모임이나 직장에서 갖은 핑계를 대고 빠져나와 달려오지 않았던가. 그랬던 그가 어떤 이유로 이렇게 그녀를 함부로 대하게 되었을까. 혹시 무관심에서 비롯된 건 아닐까. 그녀에 대해서 모든 것을 알게 되었으니, 이제 더 이상 궁금하지 않다는 오만이 그를 그렇게 만들어 버린 것이다. 그가 함부로 대하는 지금의 그녀가 건네는 희망의 기회를 놓치지 말아야 한다. 그녀가 말을 건네면 무엇을 하고 있건 멈추고, 그녀의 눈을 바라보아야 한다. 당신이 그렇게 사랑했던 그녀가 당신에게 주는 마지막일지도 모를 기회를 잡아야 한다. 두 사람이 함께하는 삶이 더 이상은 무의미하거나 무료해져서는 안 될 일이기 때문이다.

인정의 이면(裏面)

어쩌면 핑계일지도 모른다. 잠을 좀 줄이고, 조금만 더 부지런히 글을 쓰고 조금만 더 인문학 강의를 열심히 뛰어다니면, 아쉬운 대로 '먹고 사는' 일이 어렵지 않을 수도 있다. 그런데 문제는 그 '조금만'이었다. 조금만 글을 더 쓰는 것이 알량한 자존심에 쉽지 않았고, 조금만 더 열심히 뛰어다니는 것이 힘들다 보니, 늘 생업에 관한 궁리가 불가피했다. 그러던 차에 지인이 동업을 제안했고, 그의 사업 수완과 장사를 해 본 경력을 믿고 함께 시작했던 조그만 카페로는 두 사람의 생계를 해결할 수 없다는 데 공감하여, 한 달이 지나기도 전에 그가 떠나면서 혼자 맡은 지 어느덧 올해로 십 년째 접어들었다.

누가 보더라도 그가 카페를 맡고 내가 떠나는 것이 옳았다. 장사 경험이 전혀 없는 당시 내 심정은 텅 빈 집에 홀로 남겨진 아이의 그것과 다름없었다. 남겨진 이유는 단

하나, 카페의 상호가 '비가 내리는 바다, 그리고 다시 내릴 비'라는 의미인 〈비 바다 비〉라는 상호를 내가 지었기 때문이었다. 대부분 작품에서 '비'가 많이 등장하는데, 여기에서 비는 '사람'을 의미한다. 바다는 우주의 일부, 세상일 수도 있고, 우리를 둘러싼 모든 것일 수도 있다. 그 바다를 채울 수 있는 건 결국 사람의 마음이라는 뜻에서 지은 상호였다.

고백하자면 나는 술을 전혀 마시지 못한다. 가끔 소주한 잔을 마시게 되면 그 순간부터 이후의 일정을 모두 취소해야 할 만큼 체질적으로 술을 해독하는 능력을 타고나지 못했다. 한때, 술은 마실수록 는다는 말을 믿고, 작정하고 친한 선배와 술을 마셨다가 네 시간 동안 병원에서 깨어나지 못한 적이 있다. 그 선배는 부모님 앞에서 머리를 조아린 채 죽을죄라도 지은 양 힘든 시간을 보내야 했다고 훗날 전했다. 그런 내가 취미 삼아 가진 조그만 재주로 음악을 기반으로 하는 음악 카페를 궁여지책으로 열었지만, 술에 취한 이들과 함께 어우러져야 한다는 이유를 들어 주위 분들은 3개월 내로 반드시 문을 닫을 거라고 확신했다.

비록 애주가는 아니지만, 음주에 대한 고민은 누구보다 많이 했다고 자부한다. 특히 다양한 술버릇들을 접하면서 그들의 직업과 관련된 삶의 '엿보기'가 문학과 크게 동떨어지지 않은 것임을 애써 위로 삼아 왔던 것이 오히려 자양분이 되었음을 부정할 수 없다. 다만 만취한 이들에 대해서 이해가 되는 부분과 이해가 되지 않는 부분이 명확해진 것은 분명하다. 가령 술을 마시면 청각이 둔해지므로 본인의 목소리가 커지는 부분과 걸음걸이가 흐트러지는 부분은 이해가 되지만, 쓸모없는 호기로 타인에게 시비를 걸고 느닷없는 반말과 비속어를 난발하는 작태는 도저히 이해할 수 없다. 후자의 경우 나는 그들의 비위를 맞추기보다는 조속한 귀가를 권하거나 공권력의 도움을 받아 강제 퇴장을 요구한다.

　카페 입구를 들어서면 '이곳은 문학과 음악과 그리고 사람에 대한 사랑을 꿈꾸는 소중한 공간입니다.'라고 적혀있다. 문학인으로서의 자존감을 잃지 않으려는 문구이기도 하지만, 무엇보다도 인정을 느끼고 공감할 수 있는 공간이기를 원하기 때문에 적어 둔 글귀다. 과거에는 동네 식당마다 '손님은 왕이다.'라는 문구가 벽에 붙어 있었다. 실은 당시에도 나는 그 말이 마음에 들지 않았다. 손님이 주인 행세를 해서는 안 된다. 필요한 재화 혹은 서비스, 그 이상을 요구해서도 안 될뿐더러 주인은 이를 수용해서도 안 된다. 그것이 요즘 말로 '갑질'을 양산하고 있기 때문이다.

세상을 살아가는 사람들의 마음이나 감정을 인정(人情)이라고 한다. 이는 서로가 예의를 다할 때 가능한 부분이다. 식당 주인은 도대체 무슨 업보로 그 많은 왕(?)들을 모셔야 한단 말인가. 인정이 깊어지면 의리(義理)가 형성된다. 의리의 천적이 무엇인가. 배신이다. 서로의 마음을 알고 그 부분에 대해서 도리를 다하는 것이 의리라면 끝까지 함께할 수 있어야 하는데, 그것은 상대가 잘못된 언행을 하더라도 무조건 함께하는 것이 아니다.

잘못된 것은 잘못되었다고 충언과 직언을 아끼지 말아야 한다. 우리끼리만 도리를 다하고 우리를 제외한 모든 이들을 무시하고 괄시하는 것이 아니라 우리를 포함한 더 많은 우리가 만들어지고 그 우리들이 바다가 되었을 때 더 많은 비가 내릴 수 있게 하는 힘, 그것이 '의리'라는 것을 말하고 싶은 것이다. 그 의리의 기본이 되는 것이 인정(人

情)이라는 이야기다.

　우리는 흔히 되바라진 사람을 보면 인정머리가 없다고 한다. 그런 이들이 의리가 있을 리가 없다. 하지만 그 이면에는 그런 인정머리 없는 사람을 평가하는 나 자신이 이기적인 잣대를 가지고 있는 수가 많다. '내'게 어떻게 그럴 수가 있는가. '내'가 '그'에게 그동안 어떻게 했는데 '나'를 도와주지 않는 건가 라는 식이다. 알고 보면 그런 '나'를 도와주는 것이 다른 누군가를 '해'할 수도 있는 일이 너무도 많다. 나를 도와주면 인정이 넘치는 의리 있는 사람이고 나를 돕지 않으면 그렇지 않다는 기준은 허물어져야 한다.

　악한 자가 그런 마음을 품고 그들만의 의리 있는 세력들을 만들어 갈 것을 생각해 보면 상상으로도 두렵기만 하다. 이렇듯 인정과 의리도 정의가 바탕이 되어야 할 것이며 무엇보다도 나부터 바른 빗줄기가 되어 바다로 먼저 내려야 할 것이다. 그럼 더 맑고 투명한 빗줄기들이 거세게 내려, 맑고 푸른 바다가 될 수 있겠기에 말이다. 단 하루라도 아픈 바다 말고 푸르고 맑은 바다에서 살고 싶은 바람이다.

그물을 꿰는 시(詩)

문학은 쓰고 읽는 일이다. 사상이나 감정을 언어로 표현한 예술, 또는 그런 작품 등을 포괄적으로 문학이라고 한다. 이와 관련된 일에 종사하는 사람들을 문학인이라 일컫는다. 시인이나 소설가 등이 그 대표적인 예라고 할 수 있다. 큰 범주로는 독자도 문학을 하는 사람이다. 따라서 작품을 낭송하거나, 평을 하고 재조명(再照明)하는 일도 문학 활동이라고 할 수 있다.

이쯤 되면, 사람들은 대부분 문학으로부터 동떨어지긴 힘들다. 지하철을 기다리며 안전 유리문에 적힌 시를 읽어 보는 일, 사랑하는 이에게 편지를 쓰는 일도 문학을 하는 일이다. 그렇다면 모두 문학인이라고 할 수 있는가. 여기에서 우리는 고개를 갸웃거릴 수밖에 없다. 문학인에 대한 정의가 모호해지는 순간이다. 시를 쓰면 시인이고, 소설을 쓰면 소설가라고 한다. 시를 쓰고 소설을 쓰며, 간혹 수필

집도 발표하는 작가의 이력은 부산스럽다. 포털사이트마다 시인, 소설가, 수필가, 방송인, 화가 등등 재주 많은 그를 모두 설명하기는 벅차 보인다. 그래서 우리는 '종합 예술인'이라는 편리한 용어를 만들었을지도 모르겠다.

요즘 문학인들이 많아졌다. 독자는 줄어드는데, 작가는 늘어났다. 문학 활동에 직접 참여하는 사람들의 수도 눈에 띄게 늘었다. 수백만 원을 들여, 자비(自費)로 책을 출간하는 사람들의 수도 증가했다. 학교나 지방자치단체의 복지시설에서는 '1인 1책 만들기'라는 캠페인을 통해 직접 저자가 되어보는 경험을 제공하기도 한다.

책 만들기 전문 강사라는 신종 직업도 생겼다. 이들은 종횡무진, 전국을 다니며 '책'을 만들어서 저자가 되는 일이 생각보다 어렵지 않다.'며 홍보하고 있다. 인터넷이 발달하면서 전자 출판에 대한 관심도 늘어났다. 웹툰과 소설이 결합한 형태의 온라인 문학도 선보이고 있다. 문학작품으로 만든 TV 드라마를 보는 것처럼, 편안하고 신속하게 핸드폰으로 언제든지 접할 수 있는 것도 강점이다.

책을 쓰는 사람들이 늘어난다는 것은 고무적인 일이다. 적어도 글을 쓰는 동안, 스스로의 삶을 돌아보며 반성할 것이 아닌가. 저자가 되면 사람들에게 작품을 알리기 위한 최소한의 노력을 할 것이며, 그러다 보면 행동거지도 신중하지 않을까 하는 욕심도 내볼 수 있으니 말이다. 이 대목에서, 작가의 희소가치(稀少價値)를 논하는 기성 문인들이 등장할 수도 있겠으나, 이는 논할 가치조차 없다고 여겨진다. 독자들은 더 좋은 작품을 만날 권리가 있고, 작가들은 더 좋은 작품을 써야 할 의무를 자연스럽게 가지게 될 것이다. 기성작가로서의 대우를 받고 싶으면, 인맥(人脈)보다 문맥(文脈)을 헤아리는 데 더 신경을 쓰면 그만이다.

삶은 그물망으로 얽혀 있다. 사람과 사람과의 관계, 국가와 국가와의 관계가 모두 네트워크다. 개개인은 너나 할 것 없이 대부분 네티즌이다. 통신망을 뜻하는 네트워크(network)와 시민을 뜻하는 시티즌(citizen)의 합성어가 네티즌이다. 문학을 한다는 것은 그물망, 즉 삶의 유기적인 관계를 건강하고 밝게 하는 일이다. '어둡고 우울하며, 이해하기 어려운, 뭔가 현학적인 표현'을 하는 사람들이 문학인이어서는 안 된다. 시인은 더욱 그래선 안 된다. 시인이 재담

꾼일 필요는 없다. 긴 문장을 줄만 바꾼다고 시가 아니듯, 짧은 문장에 깊은 의미를 담아내기 위한 노력을 게을리해 서도 안 된다.

　문학은 해진 그물망을 하나하나 꿰매는 일이다. 삶의 소 중한 가치들을 낚고, 이들이 달아나지 못하게 여미는 일이 글을 짓는 일이다. 우리는 말씀 언(言)과 절 사(寺)가 결합 한 이름으로 '시(詩)'라고 쓰지만, 서양에서는 포엠(poem)과 포에지(poesy)로 구분한다. 전자가 작품을 일컫는다면, 후 자는 작품을 쓰기까지의 마음이다. 진작부터 시에 대한 정 의를 두고 T. S. 엘리엇은 '시의 정의의 역사는 오류의 역사' 라고 했다. 오죽하면 그리 표현했을까. 이리도 불친절한 문 학의 장르를 정의 내리는 것 자체가 무리일 수 있음을 고 백한 셈이다.

　시인들이 재주가 많아진 것인지, 재주 많은 사람이 시 를 쓰기 시작한 것인지는 알 수 없지만, 시인이 그림을 그 리고, 노래를 부르고 정치를 한다. 화가가 시를 쓰고, 가 수가 시를 쓰고, 정치인이 시를 쓰는 것 또한 즐거운 일이 다. 아름답지 않은가. 누구나 시를 가슴에 품고 살아가는 일은 상상만으로도 행복한 일이다. 단순히 사물과 사람을 응시하는 것만으로는 시가 될 수 없다. 관찰하고, 이를 통해 성찰에 이르는 일이 시를 쓰는 일이다.

글은 '짓는다'고 한다. 밥을 짓듯이 정성스럽게 쌀을 씻고, 시상(詩想)의 불씨를 꺼뜨리지 않고 솥을 안치고 뜸을 들이는 일, 이것이 시를 쓰는 일이다. 문학은 평생을 두고 배우는 일임에도, 배우려 하지 않고 가르치려고만 드는 문학인들이 너무 많다. 이 얼마나 오만하고 불손한 일인가. 적어도 문학인이라고 불리기 위해서는 겸양(謙讓)한 자세가 먼저여야 하는 것이다. 본인의 글도 설익어 '글맛'이 미흡한데, 타인의 글에 이러쿵저러쿵 가언(嘉言) 부언(附言)하는 것은 가당치도 않은 일이다. 우리는 저마다 여기저기 해진 그물을 꿰며 서로에게 힘이 되어주는 글을 지어야 한다. 누구에게도 상처 주지 않으려고 갖은 애를 쓰며 필사적으로 글을 지어야 한다.

범인(凡人)의 명품 셔틀(shuttle)

뛰어나거나 이름난 물건, 명품이라고 한다. 그런 물건들을 만든 이를 명장이라고 한다. 명장이 만든 명품들은 오대양 육대주를 넘나들며 이름값을 한다. 우리나라도 예외가 아니다. 불황이 무색할 정도로 전국 백화점에 명품을 파는 곳마다 고객들의 발걸음이 분주하다. 유감스럽게도 명품이라고는 한 번도 사용해 본 적도 없고 잘 알지도 못하는 내가 명품에 관한 이야기를 하고자 한다.

대개 문외한이다시피 한 분야에 대한 글을 쓰는 것은 도의적으로 피해야 할 일이다. 가령 사랑에 대한 경험이 전혀 없는 이가 그에 관한 글을 쓴다면 누구도 공감할 수 없을 것이다. 공감할 수 없는 글은 아무런 의미가 없다. 생명을 잃어버린 글은 이미 누구의 마음에도 닿을 동력이 없는 셈이다. 명품은 잘 모르지만, 경험하지 못한 사람들의 공감만으로도 그 가치는 명분이 되지 않을까.

누구나 특별한 날에는 특별한 선물을 특별한 이에게 해 주고 싶게 마련이다. 이해할 수 있다. 그런 특별한 선물을 명품 가방이나 의류로 받는다면, 주고받는 사람의 기쁨은 배가 될 수도 있겠다. 어떤 남학생은 몇 개월 동안 아르바이트를 해서 모은 돈으로, 여자친구에게 명품 가방을 선물했다가, 헤어지면서 가방을 돌려받은 적이 있다고 했다. 세상이 바뀌긴 했나 보다. 줬던 선물을 어떻게 다시 돌려받을 수 있는지도 놀랍지만, 그 선물을 돌려준 여학생도 전혀 개의치 않는다고 한다. 이유는 간단하다. 새로운 남자친구를 사귀게 되면 커플 반지와 가방 정도는 기본으로 선물해 줄 것을 믿어 의심치 않기 때문이다.

90년대에 접어들어 중고등학교에서 교내 폭력이 심각해지고, 소위 '왕따'가 사회적 문제로 대두되면서 쓰였던 은어 중에 셔틀(shuttle)이라는 단어가 있었다.

사회 문제나 가십을 놓치지 않는 은어(隱語)들은 얼마나 놀라운가. 매번 편리하고 간소하게 생성될 뿐만 아니라 진화하며 구어로서 제 역할을 톡톡히 한다. 비교적 소멸과 생성도 자유로운 편이다. 급속도로 전국적으로 퍼진 은어

'왕따'와 '셔틀'은 사이좋게 관용구처럼 늘 붙어 다녔다. 왕따는 곧 셔틀로서 역할을 병행해야 하는 일종의 보직(補職) 개념이었다. 잘 알려진 바와 같이 왕따는 따돌림을 받는 학생을 일컫는 말이고 셔틀은 그 학생이 가해 학생, 즉 '짱'의 심부름을 도맡아 하는 보직을 수행하는 역할인 셈이다.

처음에는 왕따 학생들에 대한 동정과 이해를 나누는 사회적 분위기가 형성되고 공익광고 등에서도 적극적으로 캠페인을 벌였지만, 시간이 지날수록 점점 피해 학생의 몇 가지 공통된 불리한 특성, 이를테면 소극적이고 조용한 성격 등을 발견하고부터 가해 학생들의 '탓'만은 아니라는 여론이 만들어진 적도 있었다. 마치 몇 해 전 '촛불집회'와 '태극기 집회'가 한 장소에서 대치하듯 당시 피해 학생과 가해 학생의 부모들이 법정 공방으로 다투는 일도 비일비재했다. 의아했던 점은 그들조차도 아이들 사건의 확장판에 지나지 않았다는 것이다. 법원 앞에서 '나 홀로 시위'를 하는 왕따의 부모와 그에게 욕을 하고 삿대질하는 다수의 가해 학부모들의 '적반하장'을 지켜보면서 안타까웠던 기억이 새롭다.

평범한 사람이 비범해지기란 여간 어려운 일이 아니다. 불가능한 건 아니지만, 흔한 일이 아님에는 분명하다. 그런 흔하지 않고 어려운 일을 이루어 낸 이들이 노력만으로 가질 수 없는 한 가지 아쉬운 부분이 있다. 정치나 학술계의 명문 세력가나 가업 승계 등의 소위 '금수저'의 정통성이 그것이다. 타고나는 운은 어찌할 수 없는 일이다. 아무리 무능한 이라 할지라도 유능한 집안 덕분에 어느 정도 체면치레는 할 수 있는 것을 봐온 평범한 이들은 본인의 의지와는 상관없이 자격지심이 형성될 수는 있다.

대대로 내려오는 전답을 소유한 부농이나, 판검사 집안에서 태어나지 못한 것을 핸디캡으로 여기며, 졸부나 정치권에 빌붙어 사는 것이 더 비굴함을 잊은 채 살아가는 그들은 어떤 식으로든 치장해야만 했다. 남들이 혹시라도 무시할까 싶은 노파심에, 무리해서라도 겉으로 보이는 부분부터 급조하기에 이른다. 매우 왜곡되고 잘못된 부분이다. 평범한 이가 비범해지기까지 얼마나 많은 각고의 노력을 해 왔겠는가. 오히려 '금수저'보다 더욱더 당당하고 자랑스러워해야 한다.

비가 오면 그 비싼 가방에 흠집이라도 생길까 품에 꼭 안은 채 정작, 더 비싼 본인은 산성비를 오롯이 맞으며 산화되어 가는 것도 신경 쓰지 않는 사람들이 대부분이다. 우리는 그리도 대단한 명품을 만든 장인을 존경할 수는 있지만, 그가 만든 제품까지 존경(?)할 필요는 없다. 더군다나 누가 시켜서 하는 셔틀도 아니고 스스로 그렇게 상품을 신줏단지 모시듯 해선 안 될 일이다. 사람에게 소요되기 위해 만든 재화들은 어떤 이유를 막론하고 사람을 위하여 사용되는 것임을 인정하고 잊어선 안 된다.

제품은 사용하기에 편리하고, 내구성을 기반으로 디자인까지 갖추고 있다면 더할 나위 없는 명품이라 할 수 있다. 그 좋은 제품을 마음 편하게 사용할 수 있어야 하고, 그러다 보면 크고 작은 흠집이 생길 수도 있다. 누군가에게 으스대는 방편이나 사회적 신분의 상징처럼 명품을 구매한다면 그의 인격은 범인에도 미치지 못하는 것이 아닐까? 사람은 누구나 귀하고 소중하다. 그런 '사람'이 본인 스스로 결국 명품 가방의 '셔틀'로 전락해 버리는 한심하고 부끄러운 일은 '홍익인간'의 땅에서 사라져야 하지 않을까. 적어도 사람은 가방보다 비쌀 테니까.

부정(不貞)의 망상

　걱정이 많다. 가질수록 걱정거리가 늘어나는 것은 분명하다. 버스가 없었다면, 차가 언제 오는지 걱정하지 않고 걸어가면 된다. 핸드폰이 없다면 배터리를 걱정할 이유가 없다. 갖지 않을수록 걱정거리의 수는 분명히 줄어들 수밖에 없다. 그런데도 가지려고만 한다. 갖기 위해서 걱정하고, 가진 것을 지키기 위해서 걱정한다. 걱정은 한자어로 고민(苦悶)이라고 한다. 두 단어 모두 괴로워하며 애를 태운다는 의미이다. 걱정해서 사라질 걱정이라면, 수도 없이 걱정할 테지만, 걱정은 대개 또 다른 걱정을 낳기만 할 뿐, 해결되는 것은 아무것도 없다.

　사람에 대해서도 그렇다. 사람을 소유의 개념으로 생각하게 되면서, 문제가 불거지는 사례는 수도 없이 많다. 특히 시쳇말로 관종(남들로부터 관심을 받고 싶어 하는 사람을 얕잡아 부르는 관심종자의 약칭)들의 경우에는, 사람과의 깊은 관계성

보다 개체 수를 늘리는 것에 더 많은 관심이 있다. 그러다 보니, 아는 사람의 수가 줄어드는 것에 대해서 예민해질 수밖에 없다.

누리소통망의 대표주자인 페이스북이라는 것이 있다. 실시간으로 자신의 게시판에 글을 올릴 수 있고, 다른 사람의 게시판에 댓글을 달 수도 있다. 얼마나 많은 팔로워를 갖추고 있는지부터, 나의 팔로워가 다른 사람의 게시판에 다는 댓글조차 놓치는 법이 없다. 그래서 본인에 대한 그들의 충성도에 따라, 차단하기도 하고 친구를 끊어버리기도 한다. 걱정거리 하나가 더 늘어나는 셈이 된다.

누구를 만나서 무엇을 하건, 핸드폰을 손에서 놓을 수가 없다. 나를 따르는 팔로워의 수가 줄어들까 봐 걱정이 많다. 일상을 공개하고, 댓글로 공감하다 보면, 오프라인에서 실제로 만남이 이루어지기도 한다. 좋은 취지로 모임을 만들어, 사회에 기여하는 좋은 사례들도 많지만, 이를 악용하는 사례들도 이에 못지않다. 성매매나 불륜을 조장하는 일은 예사고, 배우자를 의심하기 시작하면서, 치정에 얽힌 강력범죄가 일어나기도 한다.

정절(貞節), 정조(貞操), 절개(節槪)는 하나같이 '여자의 순정, 믿음'과 관련이 있는 단어들이다. 어학사전을 찾아보면, 열에 아홉은 그렇게 표기되어 있다. 모두 낯설지 않다. 반대로 부정(不貞)하다는 것은 정조를 지키지 않는 여자를 뜻한다. 여자에게만 정조다. 남자는 외도를 해도 부정한 것이 아니라, 그냥 '바람'으로 표현하려고 한다. 다 지나갈 것이니 기다리라는 식이다.

남녀평등, 뒤집어서 여남평등, 더 나아가 역차별이 우려된다고 양성평등까지 용어는 진화해 왔다. 그런데도 실제로 성의 평등까지는 갈 길이 멀다. 의처증 환자의 수는 늘어만 가고, 의부증 환자는 드물다. 여자가 남편을 의심하면 '애교'니까 웃어넘기고, 남편이 아내를 의심하면 '의처증'이 된다. 이건 의외다. 남자에게 관대한 사회에서, 병명에 대해서는 이렇게 야속하고 단호한 이유가 궁금하지 않은가. 그것은 바로 간혹 청부업자에게 남편을 살해해 줄 것을 교사(敎唆)하는 경우를 제외하면, 대부분은 남편의 범죄가 주종을 이루기 때문이다.

범죄자를 '환자'로 둔갑시키는 놀라운 변주곡이다. 남자에 대한 또 다른 특혜가 아닐 수 없다. 병에 걸린 사람이 환자고, 환자는 '치료'를 받을 사람이지, '처벌'받을 사람은 아니라는 거다. 그래서 범죄를 저지른 남편에게 분노보다 동병상련을 느끼는 사람들도 많다. 여자가 '끼'가 많았다는 식의 뒷담화가 매우 다양한 이야기들을 만들기도 한다. 여자는 부정을 저지른 것이고, 남자는 바람일 뿐이라는 말도 안 되는 논리의 역사는 넓고도 깊다. 이 모든 것들의 중심 사고에는 '여자'는 '남자의 것'이라는 소유욕에서부터 비롯되었음을 볼 수 있는 대목이다.

의학용어 중에 부정망상(delusion of infidelity, 不貞妄想)이라는 것이 있다. 부인 또는 남편이 상대방의 정조(貞操)를 의심하는 망상성 장애의 하나라고 한다. 한마디로 사실이 아닌 것을 사실로 믿는 질환 중의 하나인데, 오셀로 증후군(Othello syndrome)이라고도 한다. 셰익스피어의 4대 비극 중 하나인 《오셀로》에서 오셀로가 아내를 의심해서 죽이고, 본인도 자결하는 장면에서 유래된 것이다. 얼마 전에 동해시에서 발생했던 살인사건도 남성들이 많은 직장을 다니는 아내를 의심하는 데서 비롯되었다. 출근을 만류하는 남편의 말을 듣지 않고, 출근했던 아내가 그날 변을 당한 것이다.

요즘 빈번하게 발생하는 데이트 폭력도 날이 갈수록 심각한 수준이다. 대부분은 남성들이 가해자다. 부정(不貞)한 것과 자유로운 것은 분명 다르다. 상대가 의심할 만한 행동을 하지 않는 것은 서로에 대한 배려다. 특히 여성은 누가 뭐라 해도 사회적 약자다. 어이없게도 완력 앞에 무너져 버리는 양성평등이 서글프지만, 사고는 미연에 방지해야 한다. 서로가 부정(不貞)하지 않는 것, 이는 서로에 대한 배려이기도 하지만, 믿음이기도 하기 때문이다.

남녀 간의 만남이 자유롭고 다채로워진 세상이다. 그 만남에 책임을 지고 서로에 대한 믿음을 바탕으로 소통할 때, 즐겁고 유익한 모임 문화가 이루어지고 더 나아가 원만한 가정생활까지 이어짐을 기억하자.

변별(辨別), 사람의 사계

　아침저녁으로 제법 날씨가 쌀쌀하니 여름이 가려나 보다. 이미 우리는 알고 있다. 여름이 가면 가을이 오리라는 걸 믿어 의심치 않는다. 계절의 변화, 즉 자연의 이치에 대한 신뢰는 맹목적이다. 그 이유는 다름 아닌 오랜 세월을 통해 지속적으로 이어온 변화와 규칙을 어긴 적이 없는 자연의 불변성 때문이다. 물론 천재지변 등의 자연재해가 어리둥절하게 만드는 경우도 있지만, 이 또한 자연의 범주 내에서의 과부족일 뿐 완전히 벗어나지 않는다. 가령 겨울의 홍수나 여름의 눈사태 등의 일은 잘 일어나지 않는다는 이야기다. 그렇다면 사람에 있어서는 어떠한가. 자연에 대한 믿음 못지않게 사람에 대한 믿음이 매우 중요한, 오히려 더 중요한 부분인데 실제로는 그렇지 못하지 않을까.

　사람들도 계절을 갖는다. 봄처럼 온화한 사람이 있고, 여름처럼 정열적인 사람도 있다. 감수성이 풍부해서 가을의 향취를 풍기는 사람도 있다. 겨울처럼 이성적이고 냉정한 사람도 있는 반면에 사계(四季)의 매력을 모두 가진 사람도 있다. 사람도 이처럼 사계다. 봄이 여름을 강제하지 않듯 서로가 서로를 이해하며 살아가는 것이 삶이다. 그럼에도 불구하고 우리는 다른 이의 계절에 본인의 계절을 불러들이려 한다. 꽃이 피어나야 할 계절에 눈발이 휘날리게 할 수는 없는 일이다. 활달한 사람이 원래부터 조용하고 사색을 즐기는 사람에게 음주가무를 즐기지 못하고 살아가는 것을 안타깝게 여기며 바꾸려고 노력하는 모습을 자주 본다. 부질없는 일이다.

인격, 사람마다 가진 계절은 이해를 바탕으로 한다. 여름의 태양과 가을의 바람을 이해하지 못한다면 봄의 대지는 씨앗을 품으려 하지 않을 것이다. 봄이 생명을 잉태하기 위해서는 뜨거운 열기와 바람, 그리고 시원한 빗줄기에 대한 약속을 믿어야 한다. 사람도 마찬가지다. 저마다의 위치에서 제 역할을 다해낼 때 비로소 세상은 제빛을 띨 수 있고, 비가 내린 후, 무지개가 뜨는 것처럼 아름다운 장면을 만들어 낼 수가 있다. 어리석은 사람들이 끝없이 비슷한 무리들을 만들고 그 무리의 힘을 이용해서 다른 이들에게 위해(危害)를 가하는 법이다.

모임을 하다 보면 고성이 오가는 경우를 볼 수 있는데, 이유는 단순하고 명료하다. 누군가 너무 잘난 척을 하거나, 본인을 깔본다고 여길 때, 견디기 힘들 때 고함을 지른다. 참을 필요는 없다. 눈꼴신 모습을 즐기는 이는 없기 때문이다. 하지만 화를 내거나 짜증을 낼 필요는 더욱 없다. 오죽하면 본인 스스로 그런 자리에서 자랑할까 싶은 마음을 가지면 오히려 측은지심이 들기도 한다. 정말 잘난 이들은 굳이 설명이 필요 없다. 아무 말을 하지 않고 그 자리에 앉아 있는 것만으로 모두 그가 잘난 것을 알고 있기 때문이다.

첫인상은 중요하다. 옷차림부터 말 한마디 한마디에 신경을 쓰는 이유가 거기에 있다. 그렇다고 해서 본인답지 못한 전혀 다른 모습으로 변모해서 첫인상을 남긴다면 그건 위선이다. 상대에 따라 이해할 수도 있지만, 시간이 흘러 관계가 지속되다 보면 처음 본 것과 상반되는 모습에 배신감이 들 수도 있다. 첫인상에서 보여줄 모습은 경직되고 형식적인 모습, 즉 자신조차 어색한 모습이 아니라 가장 자신을 잘 나타낼 수 있는 자연스러운 모습을 보여야 한다는 말이다.

진심으로 상대를 대하다 보면 충분히 이해할 수 있고, 이질감을 느끼지 않을 수 있고 무엇보다도 상대가 마음을 열게 마련이다. 내가 긴장되고 어색한 마음을 가지고 있다면, 상대도 그럴 수밖에 없다. 편안한 만남이 잦아지면 진실한 모습을 알게 되고 사업이든 개인적인 관계든 오래갈 수 있다. 서두를 필요는 없다. 특히 우리나라 사람들은 학연, 지연, 혈연 등의 조사(?)가 끝나면 급하게 관계 정립에 나서는 경우가 많다. 이는 무리다. 서로가 잘 모른 채 성인이 되어 만나서 갑자기 그동안 서로의 삶에 큰 기여라도 했던 것처럼 호형호제를 서슴지 않는다. 친밀도가 높아질 수는 있어도 위험천만한 일이 아닐 수 없다. 새로운 인연에 대해서는 계절이 변하듯 시간이 필요하다. 서두르면 인재(人災)가 벌어질 수도 있다. 충분히 서로를 알아간 후에 그리해도 늦지 않다.

여름이 오면 해마다 매미가 운다. 똑같은 나무에서 똑같은 울음을 들려주는 것 같지만, 실제로 매년 다른 매미가 울고 있다. 그럼에도 우리는 같은 매미가 울고 있다는 착각을 한다. 자연의 약속은 이렇듯 엉키지 않고 지켜지고 있다. 우리도 그 약속을 지키고 살아가야 하는 생명체다. 매미가 새처럼 지저귀게 되면 당황하지 않을 수 없다. 생명을 가진 것들은 모두 소중하다. 살아있기 때문에 약속을 지킬 수 있는 것이고 지킬 수 있기 때문에 살아가는 것이다.

사람은 다른 동물과 달리 언어와 사고를 이용해서 범죄를 저지르기도 한다. 다행스러운 건 자정(自淨)능력을 가지고 있다는 점이다. 성문화(成文化)된 법을 통해서 징벌을 가하기도 하고 규율이나 규칙을 통해서 질서를 잡아갈 수 있는 능력을 사람은 가지고 있다. 그걸 또다시 활용하여 교묘하게 법망을 벗어나는 사람도 있지만, 이는 절대 권력을 가진 극소수에 불과하다. 물론 이젠 '절대'라는 의미도 빠른 속도로 사라져가고 있어서 그나마 다행이긴 하지만 아직도 갈 길이 멀다.

어둠은 서서히 빛을 가릴 수 있지만, 빛은 한순간에 어둠을 몰아낸다. 촛불 하나로 동굴 전체를 밝힐 수도 있다.

어둠이 온 대지를 뒤덮는다 해도 누구 한 사람이라도 불을 밝힌다면 세상은 투명해질 수 있다. 그 빛은 누군가를 부끄럽게 할 수도 있고, 누군가에게는 깨달음일 수도 있다.

우리나라 국민들이 촛불집회를 통해서 얻은 것은 집단행위를 통한 목적 달성이 아니라 진정한 용기였다. 살수차가 온몸을 짓이길 것 같은 고통을 견뎌낸 인내였고, 철옹성처럼 둘러싼 위압적인 차벽을 뛰어넘어 부정한 권력에 침묵의 항거가 이루어 낸 쾌거를 잊어선 안 될 것이다. 이제 그 촛불이 정치를 비롯한 경제, 앞으로는 더 많은 분야들까지 밝혀갈 것으로 믿는다. 그러기 위해서는 우리도 저마다 변별력을 잃지 말고 심지를 돋울 필요가 있다. 세상이 좀 더 밝아지고 투명해지기 위해서는 우리도 불을 밝혀야 하니까 말이다. 사람의 사계는 사람으로 인하여 더욱 뚜렷하고 아름다울 수 있다. 사람만이 꺼지지 않는 불을 밝힐 수 있다.

자전(自全)과 자전(自轉)

안락사(Euthanasia), 흔히 존엄사로 불리기도 하는데, 이는 현재의 의술로 회복이 불가능한 환자의 고통을 덜어주기 위해서 고안된 일종의 시술이다. 삶을 위한 의료행위가 아니라 죽음을 위한 의료행위다. 안락사는 적극적 안락사와 소극적 안락사의 2종류가 있다고 한다. 적극적 안락사는 적극적 행위를 통해 생명을 인위적으로 앞당기는 것을 말한다. 소극적 안락사의 경우는 무의미한 연명치료의 중단, 장기이식을 위한 뇌사자로부터 장기 적출 등에 대한 허용성 등의 문제가 제기된다. 살인죄의 적용 유무에 따라 조심스러운 부분이다.

1996년 9월 오스트레일리아 노던주에서 세계 최초로 안락사를 법제화하였다. 네덜란드에서는 1994년 6월 한 정신과 의사가 우울증에 시달리던 어떤 여인에게 치사량의 수면제를 주어 자살을 방조한 혐의로 기소되었다. 대법원은 의사에게 유죄를 인정하면서도 실형은 선고하지 않았다. 그 후, 네덜란드는 2001년 4월에 이를 합법화하였다. 미국 오리건주에서는 환자가 서면으로 2차례 이상 요구하고, 2명 이상의 증인과 2명 이상의 의사로부터 진료받은 후 의사가 처방전을 써주면 약국에 가서 약을 복용 후, 죽음을 맞이할 수 있는 「안락사법(Death with Dignity Act)」이 시행되고 있다. 워싱턴주에서도 2008년 11월 선거를 통해 60% 「존엄사법」을 통과시켰다. 우리나라는 「장기 등 이식에 관한 법률」을 제정하여 뇌사를 사망의 시기로 보지 않으면서도 뇌사자로부터 장기를 적출하는 것에 대해 적법성을 인정하는 정도의 법적 규율을 정하고 있다.

노부부가 자전거를 타고 해안가를 달리는 아름답고 한적한 풍경이 펼쳐진다. 2011년에 제작되어 2012년 3월에 개봉한 최종태 감독의 영화 〈해로〉의 첫 장면이다. 이 영화의 원작이 된 소설은 핀란드 작가 타우노 이리루시(Tauno Yliruusi)의 《세상에서 가장 아름다운 이별(영제: Hand in hand)》이다. 유럽 전역 및 미국에서 베스트셀러를 기록하며 전 세계 독자들을 울렸던 작품이다. 심장마비로 쓰러졌다가 회복한 이후, 갑작스러운 이별이 올 때를 대비하는 남편

민호 역할은 배우 '주현'이 맡았고, 끼니마다 돌솥밥을 짓는 현모양처 '희정' 역은 연극배우 '예수정'이 맡았다. 두 배우의 노련하고 자연스러운 연기도 한몫했지만, 이 영화가 던지는 '스스로 선택한 죽음'에 대한 울림은 충격적이었다.

국어 교사로 정년퇴직한 남편 민호는 가부장적이고 고리타분한 '꼰대'의 면모를 그대로 보여준다. 완벽하기 그지없이 내조하는 아내에게 타박하거나, 지청구를 늘어놓는 것이 일상이다. 한편으로는 커플 잠옷을 준비할 줄 아는 로맨티스트이기도 하다. 그에게 달갑지 않은 시선을 보내던 관객들조차 미소 짓게 하는 대목이다. 그러나 안타깝게도 아내는 끝내 췌장암 말기라는 판정을 받는다.

항암치료를 받으면서 고통스러워하는 아내를 위해 병원에서 모르핀을 몰래 훔쳐서 '동반자살'을 준비하는 남편, 그는 아내를 외롭게 혼자 보낼 수가 없는 사람이었다. 돈주고 꽃을 사는 걸 이해할 수 없는 전형적인 무뚝뚝한 남편이었지만, 아내를 위해서 온 집 안을 꽃으로 꾸미고 마지막 잠자리에 든다. 꽃향기가 가득한 평생을 살아온 집에서 영면(永眠)을 맞이하는 노부부의 표정은 평화롭기만 하다.

세상의 모든 죽음은 안타깝고 슬픈 일이다. 생전에 악행을 마다하지 않던 자의 죽음도 안타까운 건, 그가 선행을 베풀어보지 못한 채 악명(惡名)으로 생을 마감했기 때문이다. 하물며 평생을 선하게만 살아온 사람의 죽음은 무엇으로 아픔을 대신할 수 있을까.

몇 해 전, 서울에서 한 30대 여성이 스스로 죽음을 선택했다. 그녀의 죽음이 더 슬픈 건, 본인도 심한 우울증으로 치료받고 있는 상황인데도 찾아오는 사람들의 하소연을 밤새 들어주었다는 소식이 전해졌기 때문이다. 그녀는 전직 모델이었지만, 건강상의 이유로 활동을 중단할 수밖에 없었다고 한다. 그런 그녀에게 유일한 소통의 창구는 페이스북이라는 온라인 커뮤니티였다.

그녀는 입버릇처럼 지인들에게 '가장 행복하고 아름다운 순간에 죽음'을 선택하겠다고 했다. '구름'이라는 이름을 가진 반려묘의 수명이 다하는 날을 '운명의 날'로 정했다고 한다. 그녀를 아는 사람들은 '다른 사람들에게 사랑을 주기만 하다가 떠난 사람'으로 기억했다. 이미 수년 전부터 스스로 떠나기로 마음을 먹었던 그녀이기에 가능한 일일는지도 모른다. 그녀에게 연인이 생긴 후부터 얼마나 많이 갈등했을지는 충분히 짐작해 볼 수 있다.

마지막 생일을 맞아 부모님을 찾아뵙고 '어머니의 영혼을 갈아 만든 것 같은 미역국'을 맛있게 비우고 돌아왔다는 기록을 남기기도 했다. 그녀는 "남은 사람을 두고 먼저 가서 미안해요. 행복한 순간에 죽고 싶었어요. 가까운 사람이 죽으면 슬프다는 거 잘 알고 있어요. 그래도 너무 슬퍼지는 않으시길 바라요. 점점 더 아파지는 몸으로부터 자유로워지는 건, 제 소망이었어요. 저는 행복해요. 잠깐만 슬퍼하시다가, 자유로워진 저를 축하해 주셨으면 좋겠어요."라고 짧은 유서를 남기고 떠났다.

그녀의 유일한 연인이었던 '그'는 "그녀의 죽음을 받아들일 수가 없어요. 앞으로 어떻게 살아가야 할지, 무엇을 해야 할지 아무것도 할 수가 없어요."라고 울먹였다. 비록 본인의 죽음을 스스로 선택할 수 있다 해도, 절대로 그래서는 안 되는 이유가 여기에 있다. 최선을 다해서 살아보고 살아갈 의미와 빌미가 남아있지 않을 때 어쩔 수 없는 선택이 죽음이었으면 좋겠다. 슬픔은 고스란히 남겨진 사람들의 몫이라는 거, 죽음보다 더 슬픈 일이 아닐까.

취중농담(醉中弄談)

　듀엣가수 전람회의 〈취중진담〉이라는 노래가 있다. 1996년에 발표한 그들의 2집 앨범의 수록곡인데, 20년이 지난 지금까지 리메이크되기도 하고, 고백을 앞둔 연인들에게 단골로 불리는 노래이기도 하다. 가사를 살펴보면 '그래 난 취했는지도 몰라. 실수인지도 몰라. 아침이면 까마득히 생각이 안 나 불안해할지도 몰라. 하지만 꼭 오늘 밤엔 해야 할 말이 있어. 약한 모습 미안해도 술김에 하는 말이라 생각하지는 마.'로 시작한다. 멤버 중 하나인 가수 김동률은 내가 좋아하는 뮤지션이다. 하지만 〈취중진담〉이라는 노래를 들을 때마다 유감스럽지 않을 수 없다.

　이 노래의 화자는 술김에 사랑을 고백한다. 그리고 아침에 술을 깨면 후회할지도 모른다고 걱정한다. 이게 얼마나 무책임한 일인가. 얼마 전까지 화두가 되었던 주취감형이 떠오르는 대목이다. 술은 본인이 좋아서 마시는 거지. 누가 억지로 권하는 것이 아니다. 물론 그런 경우도 없지 않지만, 대부분은 본인의 선택에 의해서 술을 마신다. 이를 멋스럽게 표현해서 '술은 자학(自虐)'이라고 미화하는 이도 있지만, 말도 안 되는 소리다. 취한 자가 취하지 않은 이들에게 취하는 행동에도 반드시 책임은 따라야 한다.

중국 송나라 유학자였던 주자(朱子, 본명 희(熹))는 인생십회(人生十悔)를 통해 일생을 살아가면서 후회할 만한 열 가지 가르침을 전하고 있다. 주자십회 또는 주자훈(朱子訓)으로 줄여서 부르기도 한다. 열 가지 중에 아홉 번째에 해당하는 것이 취중망언성후회(就中妄言醒後悔)이다. 취중에 했던 망령된 말은 술이 깬 뒤에 후회한다는 뜻이다.

음주와 관련해서 전해져 오는 일화들은 예나 지금이나 호불호가 불분명하다. 어색하거나 서먹한 관계일수록 단시간에 친밀감을 더하기 위해 술만큼 효과적인 약제(藥劑)도 드물지만, 지나치면 거의 향정신성의약품에 가까운 부작용을 보이기도 한다. '낮술은 아비도 못 알아본다.'는 말도 있지 않은가. 이렇듯 술은 긍정적인 면과 부정적인 면을 동시에 가지고 있는 탓에, 오랜 시간이 흘러도 사라지지 않고 오히려 진화해 왔나 보다.

한 가지 짚고 넘어갈 문제는 애주가들의 수만큼이나 술을 못 마시는 이들도 많다는 점이다. 알코올을 분해할 능력을 갖고 있지 않은 이들에게 술은 극약이나 다름없다. 몇 해 전에도 대학생이 신입생 환영회 때 선배들이 권한 술을 마시고 사망한 사건이 발생한 바 있다. 애주가들에게 경종을 울리는 사건으로 남아서 요즘은 그나마 억지로 술을 권하는 문화가 많이 사라진 것은 다행한 일이다. 그러나 한 가지 해결해야 할 과제가 또 남아있다. 술을 억지로 권하지 않는 대신 술 마신 사람을 무조건 이해해 달라는 요구의 부당함이 그것이다.

음주를 하게 되면 감각기관이 일시적으로 마비되어 잘 들리지 않는다고 한다. 따라서 본인이 잘 들리지 않으니, 큰 소리로 말할 수밖에 없다. 이는 고성(高聲)이고 내친김에 거리로 나와 노래를 부르면 방가(放歌)이다. 이를 두고 낭만이라 하던 시기도 있었다. 요즘은 고성방가를 하는 사람이 드물지만, 대신 시비를 거는 경우가 많아졌다. 만취한 사람 눈에는 다른 이들도 술에 취한 것처럼 느낄 수도 있다. 그러나 음주 후 호연지기(浩然之氣)의 결말은 대체로 씁쓸한 경우가 많다.

길을 걷다가 툭 부딪히면 맨정신에는 '미안합니다.'하고 지나갈 일을 '왜 치냐? 나를 노려봤냐?' 따위로 시비를 건다. 물론 술을 마시지 않은 이가 먼저 부딪힐 가능성은 매우 낮다. 그런데도 귀책 사유가 누구에게 있는지 상관하지 않는다. 왜냐하면 술을 마셨기 때문이다. 힘든 일이 있어서 마셨건, 즐거운 일이 있어서 마셨건 모두 본인 사정임에도 불구하고 술을 마시지 않은 사람 탓으로 돌리는 데에서 시비가 붙게 되어 끔찍한 살인사건으로 이어지는 안타까운 일들을 주변에서 많이 찾아볼 수 있다.

취중에 보이는 행동들은 사람들에 따라서 각양각색이다. 말수가 줄어드는 사람도 있고, 평소 과묵하던 사람은 수다쟁이가 되기도 한다. 느닷없이 통곡을 하는 사람이 있고, 헤어진 연인에게 전화를 걸어서 뜬금없는 안부를 묻기도 한다. 이 모든 것을 받아들일 수는 없다. 냉정하게 보일지 모르나, 술을 마시는 일이 벼슬이 아니듯, 술을 못 마시는 이들이 죗값을 치를 이유도 없다.

술자리에서 힘들게 고민을 털어놓는 친구에게 '걱정 마. 내일 내가 다 해결해 줄 테니, 일단 마셔!'라고 해줄 수 있는 친구가 당시에는 고맙기만 하고 큰 위로가 되기도 한다. 다음 날이면 '내가 그랬어? 글쎄, 기억이 잘 안 나네. 상식적으로 그게 그렇게 쉬운 문제는 아니잖아?'라고 딴청을 부리는 사람들도 있다. 그렇다면 술자리에서 약속들은 모두 비상식의 향연에서 피워낸 조화(造花)일 수밖에 없다는 이야기가 된다.

알코올을 과다 섭취하게 되면 일시적으로 기억을 못 하는 현상을 '알코올성 치매'라고 한다. 본인이 한 말을 미화시키거나, 기억하지 못하는 현상에 대해서 주위 사람들이 본인에게 지적하는 일이 잦아질 때는, 이를 부정할 것이 아니라 일단 인정을 하는 것이 순서다. 그래야 치유의 가능성을 높일 수 있다. 술자리도 삶의 한 단면이고 반드시 진담만이 오갈 필요는 없다고 해도 매번 허담(虛談)이나 농담이어서는 곤란하지 않을까.

트라우마의 바다

트라우마(trauma)는 일반적인 의학용어로는 '외상(外傷)'을 뜻하나, 심리학적으로는 '정신적 외상'을 뜻하기도 한다. 흔히 사고를 당하거나 지난날 기억 속의 모멸감이 평생을 살아가면서 트라우마로 남게 되는 경우가 많다. 가령 감나무에서 떨어진 기억이 있는 사람은 어른이 되어서도 감을 못 먹게 되거나 멀리하게 되고, 더 심한 경우 감빛 옷조차 못 입는 경우가 그러하다. 이 얼마나 무서운 일인가.

사람들의 수만큼이나 많은 여러 형태의 트라우마는 미세한 바이러스처럼 우리 생활의 면면에서 찾아볼 수 있다. 누구의 잘못도 아닌 트라우마가 있고, 오롯이 본인의 실수로 인해 발생하는 트라우마도 있다. 전자는 이해가 필요하고 후자는 관용이 필요하다. 트라우마는 피해자에게만 생기는 것이 아니라 가해자에게도 생길 수 있다. 한마디로 트라우마는 선도 악도 아니다. 평생 품고 가야 할 질환일 수도 있기 때문이다.

요즘 영화나 연극 등 공연을 볼 때, 필수적으로 먼저 정보를 얻는 곳은 각종 포털 사이트다. 그곳에서 별점을 보고 관람할 작품을 선택하곤 한다. 전문가의 평만큼이나 중시하는 것은 네티즌의 평이지만, 각 분야의 평론가와 기자들로 구성된 전문가 평은 그야말로 작품의 흥행을 좌지우지할 만큼 영향력을 가진다. 그렇지만, 간혹 전문가 평이 높은 작품임에도 흥행에는 실패한 작품들이 있다.

얼마 전에 본 〈고지전〉이라는 영화는 전문가와 네티즌의 평이 모두 높았던 작품이었다. 혹자는 영화 〈태극기 휘날리며〉보다 더 수작이었다고 평가하는 작품이었다. 그럼에도 불구하고, 흥행에는 참패했다. 6·25동란을 배경으로 고지를 탈취하려는 남과 북의 상황을 그린 내용인데, 좋은 작품이었음에도 국방부를 비롯한 군 관련기관에서는 달가워하지 않았다는 후문이었다.

이유는 간단하다. 국군의 반공 의지가 의심스럽고, 무엇보다 성공적인 포항 철수작전을 승선 인원의 부족으로 인해 아군을 사살하는 아비규환의 상황으로 왜곡시켰다는 해석 때문이었다. 물론 고증상의 오류와 함께 군의 명예를 실추시켰다고 해석할 수도 있다. 군의 입장에서는 아무리 전시(戰時)라 할지라도 모르핀 주사를 상습적으로 투약하는 장교의 모습은 과히 모욕적으로 볼 수도 있다.

역사적인 사실에 근거하여 좀 더 면밀한 고증을 통해서 작품을 만들었다면 더 좋았겠지만, 작품성만으로 보자면 이해 못 할 것도 없지 않을까 하는 아쉬움은 남는다. 다큐멘터리가 아니지 않은가. 베트남전과 관련된 할리우드 영화나 그 밖에 전쟁을 다룬 영화치고 사실을 다룬 작품이 몇이나 되겠는가.

〈고지전〉에 '이상억'이라는 병사가 등장하는데, 그는 아군을 사살하고 살아남은 것에 대한 충격과 죄책감에 늘 시달리며, 생존한 전우들에게 끊임없이 불안감을 조장한다. 그에게는 전쟁의 상처가 지울 수 없는 트라우마가 된 셈이다. 이렇듯 정신적인 외상은 육체적인 외상보다 더 큰 상처와 주변 사람들에게 악영향도 끼칠 수 있다. 이를 정확하게 이해하고 포용해 주지 못하면 돌이킬 수 없는 사고로 이어질 수도 있기 때문이다.

초등학교에서 평생을 교직에 있었던 사람이 퇴직하던 날, 차를 몰고 귀가하던 중 빗길에 차가 미끄러져 같은 학교 아이를 치어 사망케 한 사건이 있었다. 쏟아지는 폭우 속에서 도로에 무단으로 뛰어든 제자를 발견하고 브레이크를 밟았지만 이미 아이를 치고 난 후였다. 사고 경위를 조사한 결과 귀책 사유가 아이에게 있었음이 밝혀졌지만, 그에게는 잊을 수도, 지울 수도 없는 상처가 되어버렸다.

사고 이후, 비가 내리는 날이면 그는 운전할 수도, 차를 탈 수도 없어서 두문불출이었다. 하물며 그의 노모가 병환으로 쓰러졌다는 전갈을 받고도 효자로 소문난 그는 아내를 대신 보낼 수밖에 없었다. 주위에서는 그를 이해할 수 없었고, 그는 그런 주위 사람들을 이해할 수 없었다.

자포자기하며 하루하루를 보내던 초로(初老)의 그가 문득 중요한 결심을 하게 된다. 본인으로 인해 사망한 그 아이를 위해서 속죄하기로 다짐하고, 소외계층의 아이들을 돌보며 후원하는 일을 시작한 것이다. 아이들의 방과 후

학습지도는 물론이고 사비를 털어 남모르게 학비까지 지원하기도 했다.

그러던 어느 날, 한 아이로부터 전화가 걸려 왔다. 함께 살던 할머니가 돌아가신 것 같다며 울먹이는 아이의 전화를 받자마자 현관문을 박차고 나간 그가 우뚝 멈춰 섰다. 예전 그날처럼 쏟아지는 빗줄기와 마주 서게 된 것이다.

망설일 시간이 없었다. 그날 이후 비수처럼 그의 가슴에 꽂히던 그 빗줄기를 뚫고 그는 그 아이의 집에 무사히 도착했고, 다행히 당뇨병을 앓던 할머니도 신속하게 병원으로 옮겨 응급처치를 한 덕분에 무사히 생명을 구할 수 있었다. 그 때문이었을까. 처음으로 그는 비가 내리는 하늘을 올려다볼 수 있었다고 한다. 이제 그는 비를 더 이상 두려워하지 않을 것이고, 더 큰 상처를 입은 사람들을 품고 보듬는 바다가 되어, 드넓고 푸르게 살아가게 될 것이다. 결국, 그의 지독한 트라우마는 제자를 향한 사랑으로 벗어날 수 있었다.

2

학교 밖 아이들의 미소

이 세상엔
'특별'한 아이들은 있어도 '특수'한 아이들은 없다.

바보들의 행진

"이 시대를 살아가는 우리가, 모두 바보들 같지 않나요? 부정한 이들이 정의를 부르짖고, 정의로운 이들마저 침묵하는 사회를 뭐라고 부르는지 아세요?" 느닷없는 P의 질문에 당황했다. 그는 근현대의 대중예술에 관심이 많아서, 그쪽 관련된 자료가 있다면 전국 어디든 다니면서 구하는 축이었다. 한때 독립영화를 제작하던 그는 어느덧 시사 고발 프로그램에 익명의 제보자가 되어 있었다.

가끔 걸려오는 통화도 거의 일방적이었다. 하물며 나는 그의 연락처도 모른다. 그런 그가 만취한 채로, 경기도 어느 카페라며 던진 질문에 대한 그의 답은 '민주주의 사회'였다. 그리고 그는 1975년에 개봉한 하길종 감독의 영화 〈바보들의 행진〉이라는 작품을 꼭 보라는 말을 끝으로 전화를 일방적으로 끊어버렸다.

마력이 있는 P였다. 휴대전화를 왜 안 가지고 다니는지

물어봤더니, 매번 잃어버려서라고 했다. 벽걸이 TV만큼 비싼 '조그만 것'을 매번 살 수는 없지 않냐고 오히려 반문했다. 맞는 말이다. 그리고 덧붙이는 말은 '공중전화기의 멸종'에 대한 불만 따위였다.

P가 옳을지도 모른다. 우리 모두 바보일 수도 있다. 상대가 모를 거라 생각하고 속이고 이용하려는 자와, 이를 알고도 속아주는 자, 그리고 이들과 함께 살아가는 자들이 주인 행세하는 지금이 어쩌면 민주주의 사회일지도 모른다는 역설적인 표현이 서글프기만 하다.

문학을 하는 자들이라면 알고 있다. 좋은 글을 쓰는 일보다, 팔리는 글을 쓰는 일이 유익하다는 것을 말이다. 좋은 글이라고 발표를 해봐야, 읽는 이가 없으면 출판사에도 민폐고, 서점에도 민폐다. 자비로 출판하는 이들이야 본인 책을 본인이 모두 산 것과 다름없으니, 팔리건 말건 본인의 몫일지 모르나, 인세 수입으로 버티는 작가들의 경우는 이야기가 다르다. 바보들이 좋아할 만한 글을 쓰는 것이 옳다. 그러나 순수문학을 부르짖는 이들은 바보들을 일깨우려는 노력을 멈출 수도 없다. 왜냐하면 그들도 바보이기 때문이다.

　몇 해 전, 〈예술인 패스 카드〉를 처음 수령했을 때 내심 기뻤다. 한때 연이은 군사 장기집권의 시대에 용비어천가를 노래하던 문단의 실세들이 물러가고, 이제야 글을 쓰는 이들에 대한 자존심을 회복해 주려는 건가 해서 말이다. 하지만 정작 예술인 패스를 내밀 곳이 없었다. 서울을 제외한 지방에서는 쓰일 곳이 거의 없기 때문이다. 누가 바보일까. 절을 모르고 시주를 한 중앙정부인가. 시주(施主)의 혜택을 보지 못하는 어두운 눈을 가진 지방에 거주하는 우리가 바보인가.

　국가 지원 공모사업들의 내용을 보면 대부분 관련 서류들의 서면 제출이 불가하다. 모두 온라인으로 지원하게 되어 있다. 행정의 편익을 위해서이기도 할 것이고, 효율적인 관리를 위해서 그럴 것이기에 이해할 수는 있다. 그러나 평생 문학 활동을 해 왔지만, 전산 능력이 거의 없이 아직도 원고지를 메우는 원로작가들도 적지 않다. 그들은 시대의 흐름에 부응하지 못한 자신을 탓하거나 지인에게 부탁하는 수밖에 없다. 안타까운 일이지만, 그들은 공모사업의 존재 자체를 모르고 있을 수도 있다.

어떤 공모사업이건 국민을 대상으로 하는 지원 사업이라면 누구나 지원할 수 있어야 한다. 온라인에서 공지를 확인하고 지원할 정도의 전산 능력을 갖춘 자만이 지원할 수 있다고 자격요건에 명시하지 못할 거라면 말이다.

컴퓨터는 편리한 도구일 수는 있지만, 문학 분야에서 능력의 잣대가 되어선 안 된다고 생각한다. 알록달록 예쁘게 색을 덧입히고 표지를 아름답게 만든 책이 더 잘 팔린다고 해서 그 작품이 반드시 우수한 것이 아니다. 마케팅적인 요소들을 갖추고 판매에 주력하는 것은 출판사 하나만으로도 충분하다. 국가까지 형식을 중시하고 '보기 좋은 떡'만을 양산해서는 곤란하다.

문학은 '맛'을 추구하는 분야가 아니다. 삶의 방향성을 제시하고, 현실에 대한 반성과 성찰을 위한 일이다. 물론 희망을 길어 올리기 위한 방편으로서의 가치는 문학 외에도 다양한 것은 더 말할 것도 없다.

국가 입장에서도 많은 사람이 접할 수 있게 투명하고 광범위하게 예산을 집행해서 손해 볼 것이 없다. 오히려 생색내기에 이보다 좋을 수가 있는가. 국민이 낸 세금이 이렇게 유용하고 바르게 쓰인다고 알리면 알릴수록 좋은 일이 아니냔 말이다.

각 지방에 각 분야의 실세들이 자릿값을 톡톡히 할 수 있는 것도 비공개적인 정보들을 누구보다 먼저 알고 있다는 것도 한몫을 하고 있음을 알아야 한다. 붓끝에 '양심'을 적시지 못하면 언젠가는 그에 상응하는 평가를 바보들에게 받게 마련이다. 바보들이 가장 잘하는 것 중 하나가 멈추지 않고 걸어가는 일이다. 더 잘하는 것이 함께 걸어가는 일이다. 이것을 '행진'이라고 부른다.

비녀, 툭 떨어지듯

몇 해 전, 친구에게서 전화가 왔다. 그는 담담하게 어머니의 부고를 나에게 전했다. 그 목소리는 평소 '시간 나면 함께 식사나 하자'고 말하던 것과 크게 다르지 않았다. 향년 86세. 친구의 어머니는 특별하지 않은 그의 목소리를 통해서 그렇게, 살아있는 세상과 이별을 고했다.

은행나무가 자지러지듯 노랗게 물들어 있는 진입로를 들어서자, 현대식 장례식장이 보였다. 친구는 건물 밖에서 담배를 피우다 나를 발견하고 "왔냐?"라고 인사를 건넸지만 대답하지 않았다. 그야말로 식당에서 만난 것처럼 그는 아무렇지 않아 보였고, 그 모습이 너무 실망스러웠기 때문이다. 그는 어머니에게 특별한 존재였다. 갈치구이 한 번 제 손으로 발라먹어 본 적이 없을 만큼 귀하게 자란 외아들이었다.

"어제 술을 너무 많이 마셨지. 새벽에 들어왔는데, 어머니가 아침에 밥 먹으라고 자꾸 깨우시더군. 그래서 '지금 밥 먹으면 다 토할 것 같다'고 소리쳤지. 그리고 느지막이 일어나서 보니, 밥상에 보를 씌워놓으셨더라. 출근이 늦어서 먹지도 못하고 부랴부랴 출근했지. 그런데, 오후에 누나에게서 전화가 왔더라고. 어머니 가셨다고." 친구는 고해성사하듯 단숨에 말하더니, 담배 한 개비를 새로 꺼내 물었다. "아들 밥상 차려놓고 가시는 법이 어디 있어? 아들이 밥 먹는 거는 보고 가셔야지. 좀 기다려 주든가. 반찬이 뭔 줄 아냐? 세상에, 계란말이하고 어묵조림하고…" 거기까지 이야기하던 친구가 고개를 숙였다. 담뱃불을 붙여주었다. 그걸로 끝이었다.

결혼하고 얼마 안 가 이혼했던 그 친구는 어머니와 단둘이 살다가 부랴부랴 집을 팔고, 회사에 자청해서 베트남지사로 떠났다. 이제 더 이상 그의 투정을 받아줄 사람이 남지 않은 이 땅에 더 이상의 미련이 없다고 했다. 나는 기억한다. 어머니가 대장암 판정을 받고, 병원에서도 이미 늦었다고 했을 때, 그가 전국을 다니면서 귀하다는 약재를 용케 구했고, 지극정성으로 어머니를 완치시켰다는 것을 말이다. 물론 어머니에게 시시때때로 지청구를 늘어놓는 것도 잊지 않았음은 물론이다.

톨스토이는 '이 세상에 죽음만큼 확실한 것은 없다. 그런데 사람들은, 겨우살이 준비는 하면서도 정작 죽음은 준비하지 않는다.'라고 했다. 그리고 보면 우리는 하루를 살아가는 만큼, 하루씩 죽어가는 것일지도 모른다. 그런데도 영원히 살 수 있을 것처럼 욕심을 부리기도 하고, 시기와 질투를 멈추지 않기도 한다. 함부로 사람을 모함하고, 없는 말을 지어내는 것도 모자라서 이러한 것들을 '경쟁'이라며 미화시키는 짓도 예사로 저지른다.

가장 그럴듯하게 설득력을 주는 것은 유산을 사랑하는 자녀들에게 풍족하게 남겨 여유롭기를 위한 명분이라고 한다. 여기에서 제 자식을 위해 남들에게 피해를 주는 수많은 오류를 범하기도 한다. 부모라면 대부분 자녀를 사랑하기 때문이다.

본인의 과욕으로 인해 많은 사람의 희생이 따르면, 결코 누구도 행복해질 수 없다. 시간이 지나면 모든 것은 제자리로 돌아가기 때문이다. 죽음을 준비한다는 것은 살아가면서, 실수하거나 남에게 상처를 준 부분들을 반성하고 치유하면서 살아가는 것을 의미한다. 그리고 마침내 '0'에 이르렀을 때 성공적이라고 할 수 있다.

　우리는 보통 사람들이다. 그래서 성인처럼 그렇게까지 죽음을 준비할 수도, 그럴 여유도 없다. 하지만, 최대한 거기에 가까워지는 것이 행복에 이르는 길임을 잊어서는 안 된다. 소크라테스조차도 죽음을 앞두고 아스클레피오스에게 닭 한 마리를 빚졌다고 고백했다. 그의 고백을 두고 여러 가지 해석들이 있지만, 분명한 건 '빚'을 청산하려는 그의 의지가 죽음을 준비하는 하나의 의식이었다는 점이다. 죽으면 그만이라는 생각은 위험하기 짝이 없다. 삶의 시작을 그 누구도 알 수 없듯, 죽음 이후의 새로운 시작과 끝도 알 수 없다. 윤회(輪廻)를 믿어서만이 아니다. 어찌 보면 윤리(倫理)를 믿는 편에 가깝다고 하겠다.

　친구의 어머니는 아들에게 밥상을 차려 주는 일로 죽음을 준비했다. 그녀로서는 그것이 최선이었을 것이다. 어쩌면 퇴근하고 돌아오는 아들에게 저녁상도 차려 줄 수 있을 거라고 믿었을지도 모른다. 고인에게 물어볼 수는 없지만, 마지막 순간에도 밥상에 보를 덮어 두고 떠나는 그녀의 삶이 아름다운 것이었음은 두말할 것도 없다.

물론 일상에 지친 아들은 어머니에게 마지막 투정을 부리고 말았다. 그 마지막 투정 때문에 가슴이 아파서 오십 년간 살아온 터전을 단숨에 박차고 떠나버린 친구지만, 그래도 그가 그녀를 얼마나 사랑했는지를 알고 있기에 용서받을 수 있다고 생각한다. 당시에 아름다운 그의 어머니를 위해서 썼던 시 한 편 남긴다.

어머니, 당신의 가슴에 품은/한 서린 구름 서린 그리움 두고/그리도 바삐 가시려는지//어머니, 그날 짐작하셨음에/못난 아들 늦은 끼니/정성으로 차려 두고/허위허위 쉬 가시려는지//어머니, 하얀 휘장 걸어두고/저 푸른, 세찬 달빛 서러움 타고/이내 끝내 가시려는지//어머니! 어머니! 아! 어머니!/쉬어라 부르는 어머니! 어머니!/아! 어머니!//끝내 떠나야 하시려는지//어머니, 낡은 비녀/제 가슴에 꽂아두고 마침내/가고야 마시려는지

<비녀, 툭 떨어지듯> 전문, 《여자, 새벽걸음》, 138p, 2016

역설(逆說)의 유희

　일상은 늘 진실과 거짓의 현상에 노출되어 있다. 진실인 듯 보이는 거짓과 거짓인 듯 보이는 진실이 날마다 반복해서 일어나고 언론 등에서는 이를 규명하기 위한 인력을 투입하고 정보를 양산하고 배포하고 있다. 예측 불가능한 경우의 수가 기하급수적으로 늘어나면서 오히려 과거(엄밀히 말하자면 인터넷의 발달로 전산망이 다양하게 확산되기 전)보다 더 많은 혼란을 느낄 수밖에 없는 요즘이다. 가령 구매자가 상품을 선택하는 경우를 보더라도 과거에는 용도에 따라 크기나 색상 정도를 선택하면 그만이었다.

　지금은 어떠한가. 쇼핑몰의 경우 제조사를 비롯해 똑같은 상품도 유통하는 곳에 따라 가격이 달라지는 것은 기본이고, 하물며 유사품조차 정품과 비교해서 큰 차이가 없을 정도로 정교해서 혼란을 겪게 된다. 판매자의 잇속보다 구매자의 영악함이 앞선 지는 이미 오래된 이야기다.

제품의 기능에 큰 차이가 없다면 정품이 아니라는 걸 알면서도 구매한다. 판매자는 유사품 판매에 따른 법적인 책임의 위험까지 안고 있음에도 불구하고 구매자의 욕구에 더욱 성실하게 보답하기 위해 정품의 단점까지 보완한 유사품을 만들어 내서 유통해 내고야 만다.

패러독스(paradox)는 거짓인 것처럼 보이지만 실제로는 참인 명제, 참인 것처럼 보이지만 실제로는 거짓인 명제 그리고 전혀 오류가 없어 보이지만 나중에 논리적 모순에 빠지게 되는 추론으로 정리해 볼 수 있다.

철학서에 흔하게 등장하는 악어의 고민을 예로 들어보자. 아기를 안은 어머니를 만난 악어가 문제를 내서, 어머니가 해답을 맞추면 무사히 돌려보내 주고, 틀리면 가차 없이 아기를 해치우겠다는 제안을 한다. 맞춰야 할 문제는 '악어가 아기를 잡아먹을까?'였다. 어머니의 대답은 '악어는 나의 아기를 잡아먹을 것이다.'였다. 어떻게 되었을까? 결론부터 밝히자면 아기와 어머니는 무사히 돌아갔다. 악어는 고민하지 않을 수 없었다. 아기를 해치자니 정답을 맞혔으니 무사히 돌려보내야 하고, 살려두자니 어머니가 틀렸으니 아기를 해쳐야 하는 모순에 빠져버린 것이다. 만약 어머니가 '악어가 아기를 해치지 않을 것이다.'라는 답을 제시했다면 의외로 간단해진다. 아기를 해치면 모든 것이 명료해지기 때문이다.

상기한 예는 문제를 내는 입장에서 '아니면 말고' 식의 한없이 즐겁고 유쾌한 유희가 될 수 있을지 모르나, 문제를 풀어야 하는 입장에서는 목숨이 걸린 문제다. 갈등과 좌절, 그리고 혼란의 명제를 두고 진학, 승진 등의 조건을 건 고민을 하지 않을 수 없다. 대부분 출제자는 응시자와 달리 '갑'인 경우가 더 많은 현실이니 말이다. 따라서 대부분의 '우리'는 누군가의 갑일 수도 있지만, 더 많은 경우에 '을'로서 이런 제안을 받아들여야 하고 풀어내야만 한다. 악어는 극단적인 예지만, 일반적으로 수많은 경우의 수를 포함한 질문에 매일 답할 수밖에 없는 것이 우리의 '삶'이다.

이러지도 저러지도 못하는 질문에 가장 현명한 대답은 내게 불리한 답변이 그나마 위기를 모면할 수 있다. 야비한 질문을 거부하는 법을 잊어버렸거나, 다소 비굴하지만 스스로 당당하지 못한 부분을 참아낼 수 있다면 말이다.

운전의 경우 '음주하면 안 된다.'는 참인 명제다. 사회적 약속이기도 하고 당연하기 때문이다. 조금만 굴절시켜 보자. 술은 마셨지만, 혈중 알코올 해독 능력을 타고난 이가 있다. 그는 평생을 음주운전을 해 왔고, 실제로 단속에서 측정기를 통해서 드러난 음주운전 여부의 값은 '거짓'이었다. 술을 마셨는데, 안 마신 것과 다름없는 결괏값은 당황스럽지 않을 수 없다. 반면 맥주 한 잔만 마셔도 반드시 차를 두고 가는 이가 있다.

해독능력자 '갑'과 그렇지 않은 '을', 이 두 사람이 만나서 술을 마시게 된 자리, 아무리 마셔도 혈중 알코올이 거의 남아있지 않은 갑과 한 잔만 마셔도 반드시 대리운전을 불러야 하는 을이 만난 술자리다. 두 사람은 꽤 많은 술을 마시고 마침내 헤어져야 할 시간이 되었다. 갑은 으레 그렇듯, 운전을 하고자 했고 을은 아예 차를 갖고 오지 않아서 택시를 타고 가야 할 상황이었다. 을은 한사코 갑에게 대리운전을 부르라고 종용했고, 갑은 을에게 집까지 태워 주겠다고 했다. 을은 해답을 제시해야 할 입장이 된 것이다. 갑은 어찌 되었건 대리운전을 부를 생각이 없다. 집과 방향이 다름에도 불구하고 꽤 먼 거리까지 태워 주겠다고 하는 제안을 받아들일지, 모른 체하고 택시를 타고 귀가할 것인지 고민하다가 결국 갑이 운전하는 차를 타고 다행스럽게도 무사히 귀가했다고 한다. 이 둘은 앞으로 어떤 선택을 할 가능성이 높을까. 독자 여러분들이 판단해 보시길 바란다.

옳고 그름의 문제를 두고 보자면 재고의 가치도 없다. 일관성의 면을 두고 보자면 갑은 해오던 대로 했을 뿐이지만, 을은 '갈등'이라는 걸 했기에 정당하지 못한 선택을 한 셈이 된다. '내'가 운전을 하는 것은 아니니 일단 음주운전을 한 건 아니다. 게다가 덤으로 택시를 부르는 번거로움도 해결된 셈이니 그의 선택은 그의 입장에서 이래저래 나쁘지 않다. 물론 바른 선택은 끝까지 갑에게 대리운전을 하게끔 했어야 했지만, 갑은 술을 마셔도 잘 취하지 않을 뿐더러 음주측정기조차 '거짓'을 보여주고 있지 않은가. 갑은 앞으로도 음주운전이 아니니 음주운전을 하고 다닐 것이고 을은 음주운전을 하고 있지 않은 갑의 차를 타고 다닐 것이다. 나는 아직도 궁금하다. 갑이 음주운전을 한 것인지, 안전 운전을 한 것인지 말이다.

대한 독립 만세

　얼마 전 지인의 초대로 국내 창작뮤지컬 〈영웅〉을 관람할 기회가 생겼다. 워낙 뮤지컬이나 연극 공연을 좋아하는 취향을 잘 알고 있는 그 분에게 지면을 빌려 감사를 전한다. 대구가 뮤지컬 도시로서의 면모가 눈에 띄게 드러나고 있고, 높은 음향기술, 인적 자원과 함께 공연장마다 최첨단 장비들이 도입되어 불과 십여 년 전과 비교해 보더라도 현격하게 차이가 두드러져서 매번 대형 공연 때마다 매진이 되는 진풍경이 이제는 새롭지도 않을 만큼 예매를 서둘러야 함은 다행이 아닐 수 없다. '수요가 공급의 질을 결정한다.'는 불변의 진리가 문화예술 분야에서도 예외가 아님은 분명한 듯하다.

　뮤지컬 〈명성황후〉에 이은 윤호진 연출가의 두 번째 뮤지컬 〈영웅〉은 필연적인 제작 과정이 있었다고 한다. 안중근 기념 사업회에서 실무를 맡았던 한 청년이 제안했을 당

시에는 여러 가지 이유로 거절했으나, 역사적 사실이 명성
황후의 시해에 그쳐서는 안 된다는 사명감과 함께 안중근
의사가 재판에서 밝힌 15가지 이토 히로부미의 죄목 중에
서 으뜸으로 꼽던 '명성황후를 시해한 죄'는 자연스럽게
차기작에 대한 열정으로 이어지게 되었다. 무엇보다 더 소
름 돋는 이유는 처음에 안중근 의사의 뮤지컬 제작을 제
안했던 그 청년이 갑자기 고인이 되어 버린 사건이었다. 이
번 뮤지컬에 캐스팅된 배우들 간에 그가 의사의 뜻을 전
하러 온 전령(傳令)이 아니었을까 하는 후문이 돌 정도로
극적인 죽음이 아닐 수 없었다.

　　뮤지컬 〈영웅〉의 막이 오르면, 자작나무 숲에 모인 11인의
독립투사들이 단지(斷指)동맹을 하는 장면이 역동적으로 그
려지고, '대한독립'이라고 쓰인 태극기를 펼치면서 장렬한 모
습을 보여주며 한순간에 그들과 함께 시간과 공간의 동질감
에 휩싸인 채 비장한 마음이 들었다. 뮤지컬 〈영웅〉의 주요
등장인물들은 최재형, 조도선, 우덕순, 유동하 등 대부분 실
존 인물이고 명성황후와 안중근 의사의 '끈'을 이어주는 마지
막 궁녀 '설희'와 안중근 의사의 친구인 만두가게 주인 왕웨이
의 16살 난 여동생 '링링'은 가상의 인물이다.

역사를 기반으로 한 작품들은 다채로운 검증과 함께 사실을 기반으로 한다. 다만 왜곡된 시선과 연출 의도에 따라 찬반이 현격하게 나누어지는 '위험인자'를 다소 품고 있어 조심스럽기 그지없다. 함경도 출신의 조도선은 실제로는 세탁소 주인이지만, 여기선 명사수로 등장하고, 최재형은 대동공보사의 사장으로 안중근 의사뿐만 아니라 여러 독립군을 물심양면으로 도운 실제 인물이다. 이토 히로부미의 하얼빈행에 관한 정보를 건넨 인물이기도 하고, 안중근의 하얼빈 거사를 결심하는 데 결정적인 단서를 제공하기도 했는데, 두 등장인물만 보더라도 진실을 기반으로 한 허구는 극의 완성도를 높였음은 두말할 나위도 없었음은 물론이다.

　공연이 성황리에 끝나고, 열기가 채 가시기도 전에 분장실을 벗어난 배우 장기용을 만나 차를 한잔 나누면서 공연과 관련된 깊은 대화를 나눌 기회가 생겼다. 현실에서 만난 그는 어려운 후배 연기자들을 도와주기도 하고 사람 잘 믿는 성격 탓에 물질적으로 큰 손실을 입었음을 토로할 때의 표정은 쓸쓸해 보였다. 하지만, 대학로 연극 이야기를 할 때는 예순이 넘은 나이임에도 그는 청년 배우의 반짝이는 눈빛을 보여주어, 어쩌면 그는 독립운동가 최재형을 연기한 것이 아니라 동시대를 살았더라면 그의 삶도 최재형과 크게 다르지 않았을지도 모르겠다는 생각이 들 만큼 여러 면에서 두 인물이 겹쳐지는 모습을 보여주었다.

그는 초기 공연에서 뮤지컬 〈영웅〉이 안중근 의사와 이토 히로부미가 노래를 주고받는 장면으로 인해 친일 작품으로 내몰린 수모를 겪었던 부분을 아쉬워했다. 그 두 곡이 너무 좋다는 그의 말은 친일로 오해받기 쉬웠으나, 그의 눈빛을 보고서야 그런 의도가 아님을 이해할 수 있었다. 작품의 의도는 제작자가 가질 수 있는 권한이지만, 작품의 의도가 왜곡될 소지가 있다면 과감한 첨삭 결정을 내릴 수도 있어야 한다. 그런 맥락에서 제작진의 용기에 박수를 보낸다.

결국, 그 장면과 노래는 무대에서 사라졌지만, 원래의 연출 의도는 시대적 착오로 인해 원수로 만났지만 두 사람은 한일 양국의 영웅이 아닐까 하는 문제의식을 남겨 두고 싶었다고는 하나, 나는 이 부분은 동의할 수가 없었다. 왜냐하면 국가의 잘못된 호전적(好戰的)인 정책을 바로잡을 우두머리 격에 이토 히로부미가 있었고, 그는 국가의 명을 따르는 영웅이 아니라 명을 내리는 자였기 때문에 자주독립의 필연 의지를 가진 안중근 의사와는 도저히 비교할 가치도 없기 때문이다. 관객의 입장에서 두 곡을 다시는 들어볼 기회가 없다는 아쉬움은 남지만, 소위 '국뽕'이건 어쨌건 그 장면이 사라진 부분에 대해서는 다행스럽다는 생각이 드는 이유다.

극 중에는 러시아어에 능통하다는 이유로 독립군들의 연락책을 맡아 활동하게 되는 17살 소년 유동하가 등장하는데, 너무 어린 나이여서 위험한 일을 도저히 맡길 수 없다고 만류하는 안중근 의사에게 "나라 잃은 젊은이는 철이 빨리 드는 법이지요."라는 명대사를 남긴다. 우리나라의 안보와 정치 상황을 두고 설왕설래하는 주변국들에 하고 싶은 말이다. 독립 국가일지라도 주변국들의 눈치 보기에 급급하다면 식민지와 무엇이 다를까. 자주(自主)를 기반으로 독립이 이루어져야 한다. 겁박에 무릎 꿇지 않고 당당하게 전범국가의 수장에게 죄목을 나열할 수 있었던 안중근 의사의 용기와 결기가 못내 서러워 사무치는 밤이다. 대한 독립 만세!

폭도(暴徒)의 재림(再臨)

테러를 당했다. 정확하게 표현하자면, 내 페이스북에 올린 글에 다짜고짜 욕설과 함께 본인의 과격함을 내세운 댓글 협박이었다. 게시한 글의 내용은 이산가족 상봉이 남북한의 정치적 상황과는 무관하게, 지속적으로 이루어졌으면 좋겠다는 요지의 글이었다. 어이가 없는 것은 글의 내용과는 전혀 무관한 욕설이 난무한 댓글 때문이었다.

댓글을 달았던 당사자는 모 항공사에서 근무한 적이 있고, 모 신문사에서 근무한다고 밝혔다. 사실이라면 충격이 아닐 수 없었다. 어쩌면 지식인이라 할 수 있는 자가 타인의 글에 대한 시각이 상식 밖으로 편협적일 수 있는지 놀라웠다. 전후세대들은 한마디로 고생을 모르고 자랐으니 '빨갱이'가 얼마나 무서운지 모른다며 북한과 정상회담을 하는 것 자체가 잘못이라는 거다. 빨갱이들과 대화를 한다는 것은 곧 나라를 팔아먹을 심산이 아닐 수 없다는 것이었다. 전 세계가 '국가'로 인정하고 있는 북한을 우리나라만 그곳을 국가로 인정하지 않고 '괴뢰도당'으로 명명하는 것이 과연 옳을까.

그가 궁금했다. 그의 페이스북을 찾아가 보니, 나와 겹치는 페친(페이스북 친구의 약어)이 꽤 많았다. 모순이 아닐 수 없었다. 그는 한 사람의 글에 대해 무차별 욕설을 퍼붓고도 그의 일상이 얼마나 평화로운지를 포스팅(posting, 페이스북 등에서 불특정 다수에게 글을 게시하는 행위)하고 있었다.

가끔 주위 작가들이 댓글 폭력을 당했다는 말만 들었지, 직접 겪어보니 손발이 떨려서 아무것도 할 수가 없었다. 분노는 그다음이었다. 무슨 정치적 성향의 글도 아닌데, 입에 담지도 못할 욕설을 공개적으로 댓글에 남긴 그의 배포(?)와 방향을 잃은 용기는 소름 끼치는 일이 아닐 수 없었다. 무엇이 그를 정체불명의 괴물로 만들었을까.

폭력적인 사람의 무리를 폭도라고 한다. 1980년대 무고한 광주시민, 엄밀하게 따지면 정의로운 시민들을 폭도로 몰아간 시절이 있었다. 적반하장(賊反荷杖)의 시절도 있었고, 주객전도(主客顚倒)의 시절도 있었다. 시간을 역행할 수 없듯이, 격동의 시절이든, 오욕의 시절이든, 시간이 흘러가면서, 사필귀정(事必歸正)이 불변의 진리임을 알려주는 것이 바로 역사다.

절대 권력이라 일컬었던 고려 무신정권도 무너졌고, 군부가 정권을 장악했을 때도 영원할 것으로 여겼으나, 결국 무너졌다. 제아무리 정권을 장악하였다고 해도, 정의롭지 못한 무리들은 패망할 수 있음을 보여주고 있지 않은가. 정권이 바뀔 때마다 거짓말처럼 전직 대통령이 줄줄이 검찰청 앞에서 인터뷰하는 대한민국은 아직 가야 할 길이 멀다는 방증이 아닐까.

정치적 보복이니 뭐니 해봐야, 신독(愼獨)에 힘써 왔다면 포토라인에 설 이유가 없다. 한마디로 어떤 정권이 들어서더라도 국민을 기만하고는 무사할 수 없음을 보여주고 있지 않은가. 역사는 더디게 흘러갈지언정, 바르게 흘러갈 수밖에 없다. 5·16 군사혁명이 사실은 쿠데타였음을, 5·18 사태가 폭도들의 시위가 아닌 민주화운동이었음을 밝히는 데도 이만큼 시간이 흘렀다. 이를 위해 목숨을 던졌던 수많은 의사와 열사의 노력이 있었고, 그에 못지않은 '무관심'도 있었던 사실을 부정할 수는 없다.

물살의 완급(緩急)은 우리들이 만들어 온 것이었다. 르완다 집단학살(Genocide in Rwanda)은 남의 이야기가 아니었다. 당시 계엄 상황에서도, 용기를 내준 외신기자들 덕분에 대한민국 민주주의의 철없던 나이가 전 세계에 알려졌다. 물론 당시 국내 기사에는 단 몇 줄의 빨갱이 폭도들의 기사가 실렸을 뿐이었다. 국가가 깡패였던 시절이었다. 얼마나 기가 막힌 오욕의 역사인가.

폭도들의 폭력과 폭행과 폭언은 국가를 전체주의(全體主義)로 만드는 주재료이다. 과거의 폭도들이 사이버 공간에서 또다시 재림을 꿈꾸고 있다. 눈에 보이는 혹은 보이지 않는 계정들로 분신한 수많은 폭도가 무의미한 전쟁놀이에 여념이 없다. 심약한 이용자들은 탈퇴하기도 하지만, 그럴수록 피해 사실을 널리 알리고 공유할 필요가 있다. 사이버 테러가 얼마나 무서운지 극명하게 보여주는 사례는 부지기수다. 댓글 하나로 사람을 죽이고 살릴 수 있는 현대사회를 부정해선 공정사회가 이루어질 수가 없다. 나의 경험에 의하면 누리소통망에서 친구를 맺을 때도 신중을 기해야 한다. 여차하면 '내'가 잘 알지 못하는 폭력적인 친구 한 사람으로 인해 '나'까지 다른 사람들에게 오해를 받을 수도 있기 때문이다.

나에게 정치적 성향과 정체성을 묻는 이들은 두 가지 부류가 있다. 정말 궁금해서 물어보는 부류와, 이미 진보성향임을 속단하고 물어보는 부류다. 지면을 통해서 다시 한 번 밝히지만, 나는 보수도 진보도 아닌, 옳다고 판단하는 쪽이다. 스스로 판단해서 옳지 않다고 생각되면, 어느 쪽이든 소신을 밝힐 생각이다. 흔히 '빨갱이'라고 일컫는 종북(從北)이나 친북 쪽으로 분류되고 싶지도 않을뿐더러, 일관성을 유지하기도 힘든 사람들에 의해 분류 당하고 싶지도 않다. 오히려 한반도 평화는 스스로 지키자는 주의(主義)에 가깝다. 주변국들에 휘둘리지 않는 자국의 평화정책을 유지하면서 말이다. 기껏 남북한이 합의한 사항이 강대국들의 이해관계로 인해서 지켜지지 않고, 정치적으로 국민들을 이용하는 만행을 수없이 겪어 왔지 않은가. 이제는 유치하고 속 보이는 정치놀음은 그만두어야 한다. 온 국민이 이미 알고 있기 때문이다.

불청객

물건은 놓여야 할 곳에 놓여야 어울린다. 사람도 있어야 할 곳에 있어야 어색하지 않다. 한 번쯤 이곳이 나와 어울리는 곳인지 돌아봐야 한다. 물건은 안 어울리면 치워버리면 그만이다. 하지만 사람이라면 이야기가 달라진다. 인간관계를 맺고 끊는 것이 그리 간단하지 않기 때문이다. 정치인이라면 치적이나 실정을 두고 법적 책임 공방까지 벌여야 한다. 이 모든 것들은 어울리지 않기 때문에 벌어지는 일이다.

결국 사람도 자연의 일부고, 그 자연이 가공의 뭔가로 인해 훼손되면 돌이킬 수조차 없다. 그래서 사람에게는 사람다워야 할 덕목을 제일로 꼽는 것이다. 선생님은 선생님다워야 하고, 어른은 어른다워야 한다. 이는 체면이나 위계를 강조하는 말이 아니다. 누구보다 겸손해야 할 사람도 그들이고, 누구보다 격을 갖추어야 할 사람도 그들이라는 말이다.

체벌 금지 이후로 교권이 땅에 떨어졌다고 낙담하는 교사들이 늘고 있다. 평생직장이라는 인식도 많이 사라진 것 같다. 먹고살기에 급급했던 60년대 이후의 부모 세대는 알고 있다. 그 당시 절대적인 권력을 행사했던 이들 중에 상당수가 교사였다는 사실을 말이다. TV는 물론, 자동차 보유 수량까지 조사했던 가정환경을 바탕으로 아이들의 불평등이 조장된 바가 많았음을 우리는 기억한다. 물론 모두가 그랬던 것은 아니다. 하긴 고등학교에서 군사교육까지 실시했던 시절이었음을 감안하면, 어울리는 불평등이긴 했다. 뿐인가. 대학생들은 병영이라고 해서, 며칠 군부대에 입소하여 군사훈련을 받고 오면 3개월의 단축 복무 혜택이 주어지기도 했다. 그들이 입대하면 학력이 낮은 선임자보다 먼저 전역하는 후임자도 다수 있었다. 참으로 말도 안 되는 시절이었다.

순우리말 중에 '그냥'이란 말이 있다. 말 그대로 그냥은 그대로 대가나 조건 없이 쓰이는 부사어다. 그냥이란 표현은 어른들의 무책임한 표현에도 많이 쓰인다. 그냥 그렇게 되었다는 말은 최선의 노력을 다한 결과를 이야기하는 것이 아니다. 어찌하다 보니 이렇게 되었다는 이야기다. 그

결과에 대해서는 실망이나 좌절이 있을 수 없다. 그냥 그렇게 되었기 때문이다. 그냥 한번 해 보는 것에는 부담조차 없다. 심지어 '그냥'이란 표현이 점점 그 의미를 넓혀가고 있는 요즘이다. 긍정적인 방향이 아니라 부정적인 방향으로 말이다. 어떻게 지내냐는 안부에 '그냥 그렇지, 뭐'라고 하면, 일이 제대로 풀리지 않는다는 의미 내지는 별다른 진전이 없다는 의미도 내포한다.

우리는 그냥 살아가서는 안 된다. 그야말로 치열하게 '어울리는' 삶을 살아가야 한다. 지금 우리의 역할은 우리와 어울리기 위해 부단한 노력을 기울여야 하는 것이다. 의사가 그냥 진료하고, 판사가 그냥 판결하면 피해는 고스란히 우리의 몫이다. 스스로 어울리지 않는 옷을 입었다고 판단되면 즉시 벗어던지고 가장 어울리는 옷을 입어야 한다. 부르지도 않은 자리에 불쑥 자리하는 이를 두고 '불청객'이라고 한다. 다 함께 만들어 가는 세상에서 어떤 역할에도 어울리지 않는 불청객으로 살아가는 일은 슬픈 일이다. 그냥 살아가지 말고 최선을 다해서 살아가는 일, 단 한 번뿐인 삶에 대한 최소한의 예의가 아닐까.

학교 밖 아이들의 미소

국내에 설립된 대안학교 수는 240개이지만, 비인가형 학교까지 포함하면 실제로는 600여 개 이상으로 추정된다. 이렇게 많은 기관이 설립되어 있고, 위탁형, 예술학교형 등, 형태별로는 그 수를 헤아리기 힘들 정도로 다양한 교육기관들이 전국에 포진하고 있다.

대체로 대안학교라고 하면 학교생활에 적응하지 못하는 아이들이 대안으로 선택해서 입학하는 곳으로 알려져 있다. 하지만, 알려진 대안학교나 대안형 인문계 고등학교의 경우에는 입학도 쉽지 않다. 지방별로는 해당 지역의 연고를 둔 학생들을 우선 선발하고, 나머지 인원은 모두 지역 제한을 두지 않고 전국에서 입학생을 모집하고 있다.

수십 명에 불과한 소수의 학생을 선발하는 대안학교의 특성상 치열한 경쟁은 불가피하다. 재정상의 이유로 수용

인원에 제한을 두었기 때문이다. 정규 교육기관, 즉 일반 학교 대신 대안학교를 선택한 학생들은 어떤 아이들일까. 우선 일반 학교의 과정에 적응하기 힘들어서 오는 학생들 도 있고, 개인의 재능이 특화되어 일반계 학교에서 수용할 수 없을 정도의 학생들도 있다. 물론 상당수는 학교폭력이 나 집단 따돌림 등의 피해자도 있다. 모순되게도 학교폭력 의 가해학생으로 오갈 곳이 없는 학생들도 상당수 있다. 특별한 경우에는 종교적인 문제로 특정 종교를 내세운 대 안학교를 선호하는 학생들도 있다.

인가를 받은 일반계 학교와 대안형 학교들을 제외하면, 특성화 학교와 특수학교가 있다. 이 세상엔 '특별'한 아 이들은 있어도 '특수'한 아이들은 없다. 신체적인 장애가 있는 아이들이 다니는 학교를 흔히 '특수학교'라고 부른 다. '특수'의 어감이 우호적이지 않은 것은, 특정한 아이들 을 지정해서 모아두었다는 의미를 갖기 때문이다. 행정상 의 이유나 지원 혜택 등을 위해서 아이들을 구분해야 하 는 것은 불가피하다. 다만, 다수의 아이를 '일반'이라 칭한 다면 소수의 아이는 '특별'하게 명명하는 것이 옳다고 생각 한다. 학교의 교명은 재학생들과 학부모님의 자존감에도 큰 영향을 미친다고 한다. 대개 일반 학교는 ○○초중고등학교라고 정하지만, 특수학교는 ○○학교라고 교명을 정한다. 특수학교도 초등학교부터 고등학교 과정을 망라한다. 왜 일반적인 교명을 붙일 수 없는지 이해할 수가 없다.

얼마 전, 서울 강서지역 공립특수학교 설립과 관련해서 학부모와 지역주민들의 마찰이 논란이 되었다. 기존 설치되었던 여러 곳의 특수학교 실태 조사 자료에 의하면 주변 부동산가격은 설립 전보다 오히려 대폭 상승했고, 주변 상가나 제반 교육여건도 월등하게 좋아졌음을 객관적인 자료를 통해서 지역주민들에게 열람시켜 줬지만, 결과적으로 공청회에서도 주민들의 극한 반대에 부딪히고 말았다. 단지 특수한 학생들이 주민들이 거주하는 곳에서 '눈에 띄는 것'이 싫었을 뿐이라는 서글픈 생각을 지울 수가 없다. 특별한 학생을 자녀로 둔 학부모들의 심정은 어땠을까. 여느 학부모와 다르지 않은, 어쩌면 평범한 아이들을 꿈꾸는 특별한 아이의 부모들의 심장에 대못을 박는 대중의 어떤 지독한 퍼포먼스에 지나지 않았다는 생각을 지울 수 없다.

한 소녀가 있었다. 환하게 웃으며, 예쁜 인형과 편지지 등 아기자기한 소품들을 모으는 것을 좋아하고, 그림 그리기를 좋아하는 평범한 열세 살짜리 소녀였다. 이 소녀는 일반 학교도 특수학교도 다니지 않는다. 기독교 정신을 바탕으로 한 외국인 대안학교를 다니다가, 왕따로 심각한 마음의 병을 앓다가 결국 그곳을 그만두고 말았다. 어지간한 대학 등록금에 버금갈 만큼 수업료도 현격하게 비싼 곳이고, 교육여건도 나쁘지 않다. 해외학교와 결연을 맺어 조기유학을 가기도 용이한 곳이어서 일반적인 가정에서는 쉽게 보낼 수 있는 곳도 아니다. 그러다 보니 학생들의 수가 매우 적다. 초등 과정에 해당되는 학생들 수는 열 명에도 못 미친다. 상식적으로는 몇 안 되는 아이들이 오붓하게 잘 지내는 것이 쉬워 보여도, 그 몇 안 되는 아이들로부터 받는 소외감은 가히 어른도 감당하기 힘들 만큼 절박하다. 선생님들도 거의 학생들과 밀접한 상황이어서 이 소녀를 구제(?)하기 위한 노력을 할 만큼 한 듯한데, 이 소녀는 왜 학교로 돌아가지 못하게 되었는지 궁금했다.

소녀는 사회적인 법규에 준하는 학교의 교칙과 부모님들의 말씀이라면 어느 하나 어길 줄을 몰랐다. 이 소녀의 잘못이라면 융통성이 부족하다는 것 말고는 찾아볼 수가 없었다. 그 소녀가 학교 밖으로 나왔을 때 가장 먼저 잃어버린 건 환한 웃음이었다. 선천적으로 치아가 고르지 못한 탓에 그렇지 않아도 웃을 때마다 입을 가리고, 음식을 먹을 때에도 불편한 내색을 하지 않으려고 어른들을 배려할 줄 아는 아이였다.

부모님의 결별로 어릴 때부터 스스로를 챙겨야 했고, 외로움을 이겨내야 했던 아이였다. 어머니와 오랜 공백 끝에 다행히 함께 살 수 있게 되어서 너무 행복해했다. 그토록 그리던 어머니와 마주 보고 소리 내서 웃을 수 있어서 좋았고, 음식 투정도 가끔 할 수 있어서 좋았고, 무엇보다도 어머니가 곁에 있어서 마냥 좋았다. 소녀를 외롭고 힘들게 했던 학교 따위에는 미련도 없었다. 공부는 원래 곧잘 하던 아이여서 철저하게 자기 관리를 하며 학습에도 차질이 없을 만큼 규칙적으로 생활을 했다. 그런 열세 살짜리 소녀가 얼마 전부터 어머니 앞에서도 미소를 지을 뿐, 웃음을 잃어버렸다.

지난여름, 어머니를 따라나선 자리에서 만난 언론인, 학계 인사와 식사할 자리가 있었다. 그곳에서 아이를 빤히 보던 언론인이 "너, 이가 왜 그래? 너무 이상한데?"라고 말했다. 순간 소녀는 얼굴이 빨개져서 밥을 제대로 먹을 수 없었고, 고개를 들 수도 없었다. 그때부터였다. 그때부터 소리 내서 웃는 법을 잊어 버렸다. 가족들 앞에서 곧잘 아나운서처럼 말도 잘하고, 연예인들의 성대모사도 곧잘 하던 소녀가 생각 없는 어른의 한마디 때문에 웃지도 않았고, 오히려 굳게 입을 다물어 버렸다. 어른의 무책임하고 생각 없는 언행이 한 소녀의 웃음을 빼앗아 가 버린 것이다. 이 얼마나 천인공노할 일인가.

소녀의 치아가 이상하게 보였다면, 지적이 아니라 걱정이 먼저여야 했다. 혹시 걱정된다면 어머니에게 나중에 얘기하여 치료 방법을 함께 찾아보든지, 왜 특수한 아이 취급을 해서 아이의 웃음을 앗아가 버렸는지 이해할 수가 없다. 시간이 흘러 그 언론인에게 물어보았더니 '취재 본능' 때문에 실수를 한 것 같다고 말했지만 돌이킬 수는 없는 일이었다. 이렇게 크고 작은 이유로 특별한 아이들이 우리 주변에는 너무나 많다. 학교 밖의 특별하고 소중한 아이들을 우리가 사랑과 관심으로 이해하고 해결해 나가지 못한다면, 두 번 다시 그 아이들의 함박웃음을 기대할 수 없을 것이고, 모두가 꿈꾸는 희망으로 밝은 세상은 불가능한 일임은 자명한 일이 아닐까.

삶을 위한 죽음의 노래

경제협력기구(OECD)에 따르면 회원국 중에서 자살률이 12년째 1위인 나라가 이곳, 대한민국이라고 한다. 어떤 이유가 그들에게 '삶'보다 두려웠을지도 모를 죽음의 '용기'를 주었던 걸까. '용기'라는 표현은 많은 사람이 반감을 품을 수도 있다. 향정신성의약품의 과다복용이나 기타 여러 가지 정신이 온전치 못한 상태에서의 행위라면 일종의 '사고'로 볼 수도 있지만, 자살자들 대부분이 유서를 남기고 치밀한 계획을 통해 실행에 옮기는 것을 보면 그 삶이 얼마나 힘들었던가를 가늠해 볼 수도 있지 않을까. 오죽하면 죽음의 공포를 견뎌내야만 했을까.

날마다 우리는 고민한다. 사업하는 사람들은 사업성에 대한 분석과 새로운 시장 상황에 따라 기획하고, 얼마나 목표를 이루어 낼 수 있는지를 미리 고민하고 연말이 되면 결산을 통해 내년에 대한 새로운 계획을 세운다. 교직에 종사하는 이들은 학생들의 미래에 대한 설계와 인성의 형성 과정에서 꼭 필요한 '배려와 정의'를 가르칠 여유를 갖지 못한 채, 입시나 취업을 위한 경쟁과 요령을 우선으로 제시하고, 진학률과 취업률을 교육의 절대 가치로 가르치는 안타까운 현실을 사명(?)처럼 수행하고 있다. 물론 모두 그렇지는 않다. 제자의 어려운 사정과 고민을 들어주고, 남몰래 돕고 배려하는 스승도 있다. 학부모들의 핀잔과 야유를 들어가면서도 본인의 주관을 굽히지 않고 학생들의 인성을 위해 노력하는 훌륭한 선생님도 있다. 이렇듯 각자의 영역과 사회적인 역할에 따라 날마다 새로운 고민을 하며 우리는 살아간다.

새로운 고민이라고 여기는 대부분은 전혀 새롭지 않음을 인지하지 못하고 고민을 되풀이하는 경우가 많다. 결국, 오늘의 고민은 어제의 고민과 별반 다를 바 없고, 어제의 고민이 해결되었다고 해서 반드시 내일은 행복할 것이 아닐 수도 있다는 딜레마에 빠지고 만다. '나'는 행복하지 않다는 독백은 일반적으로 우리가 만나는 사람들의 '혼잣말'이 아닐 수도 있다. 하물며 누가 어떤 것을 이루어 내고, 내가 꿈꾸던 어떤 것을 다른 이가 성취했다면 그 당사자는 행복해야 할 텐데, 정작 그들도 행복하다고 말하는 경우는 드물다. 왜냐하면, 비록 남들이 부러워하는 어떤 것을 본인이 성취했다 하여도 그 만족감은 잠시뿐이고 새로운 고민이 생기기 때문이라고 한다.

삶은 살아가는 일이다. 처음 태어나서 기본적인 욕구를 충족하며 살아가다가 학습을 통해 하나둘 사회성을 배우고 사람들과 함께 살아가는 일이 삶이다. 그런 삶이 저마다 주어진 환경에 따라 여러 가지 형태로 성장해 가는데, 그 과정을 어떻게 보내느냐에 따라 긍정적이거나 부정적인 사람으로 서서히 '얼굴'을 만들어 간다. 다른 이들을 믿지 못하고 나 홀로 번뇌의 방에 갇혀 검증된 주변 사실에 대해서도 홀로 부정하고, 본인의 주장이 당장 받아들여지지 않는다고 하여 집단으로부터 스스로 이탈되어 고립된 채 살아간다면 하루하루 살아가는 것이 아니라 죽어가는 것일 수도 있다.

물론 잘 살아가는 것은 잘 죽어가는 것이라고 볼 수도 있다. 대부분 죽음은 '끝'을 상징한다. 우리는 죽음이라는 부정적인 한계를 피할 수 없으니 어쩔 수 없는 개념으로 여기거나, 너무 두려운 나머지 내세(來世)를 통한 환생(幻生) 또는 낙원이나 지옥 등의 종교적인 개념을 통해서라도 삶의 연장으로 믿고 싶어 한다. 조금만 더 생각해 보면 죽음은 삶에 대한 '보상'임을 알 수 있다. 치열하게 살아가며 사랑하고 관계를 통해 끝없는 변화와 발전을 가져오기 위한 노력에 대한 보상이며, 긴 휴식의 개념이 죽음이다. 죽음조차 없다면 우리는 언제 쉴 수 있을 것이며, 그 많은 욕심과 욕구들은 어떻게 감당하며 살아갈 것인가.

기마욕솔노(騎馬欲率奴)라는 말이 있다. 말을 타면 노비를 거느리고 싶어진다는 말이다. 이와 비슷한 '아흔아홉을 가진 사람이 하나 가진 사람의 것을 탐낸다.'는 말도 있다. 채워지지 않는 하나는 어쩌면 영원히 채워질 수 없을지도 모르는데, 이를 '결핍'이라고 착각하며, 채우려고 애를 쓰는 것이 어리석은 사람들의 삶의 전형적인 모습이다. 이런 이들을 추종하는 더 어리석은 사람들의 삶이 얼마나 보잘 것없는지 죽어봐야 알 수 있다. 얼마나 채우고 또 채워야 그만둘 것인가. 본인의 욕심으로 축적된 것들을 대물림하고, 자녀들의 삶이 자신을 대신한 삶의 연장이라 여기며,

그걸 금쪽같이 믿고 마침내 죽음에 이르게 되는 안타까운 경우가 많다.

　잘 죽어가는 것은 중요하다. 나의 욕심을 채우기 위해 누군가를 힘들게 해서는 안 될 일이고, 누군가를 기만하거나 우롱해서도 안 될 일이다. 죽음은 나 혼자 가는 길이지만, 삶은 함께 가는 길이어야 한다. 혼자 가는 길에 수많은 사람의 원성과 한탄을 만장처럼 나풀거리며 외롭게 걸어갈 것인가. 지금의 고통과 외로움을 견디지 못하고 극단적인 죽음을 선택하는 이들이 안타까운 가장 큰 이유는, 잘 살아내지 못했기 때문이 아니라 남겨진 이들에게 슬픔과 절망을 주었기 때문이다. 지금이라도 나보다 더 외롭고 지친 이들이 삶을 포기하고 죽음의 노래를 읊조리고 있는 건 아닌지, 그동안 잊고 지낸 이들이 나의 소식을 기다리고 있는 건 아닌지 둘러보고 그들의 이야기를 귀 기울여 들어주자. 어쩌면 그들의 이야기를 깊이 들어주는 것만으로 헛된 죽음을 향해 걸어가는 그들을 삶의 방향으로 길을 틀게 하는 지침이 될 수 있음은 너무도 자명한 일이다. 주어진 삶을 잘 살아내고 훗날, 내게 다가온 죽음을 겸허히 받아들이는 일, 그것이 잘 죽어가는 방법이기도 하다.

재회의 연(緣)

　얼굴을 인식하지 못하는 증상이나 장애를 흔히 안면인식장애라고 하는데, 안면실인증(Prosopagnosia)을 일컫는다. 전화기를 손에 들고 있으면서도 다른 곳을 찾아 헤매거나, 해야 할 일을 깜빡하고 잊어버리는 경우 치매가 아닐까 우려해 본 경험이 있을 것이다. 일반적으로 이러한 신경정신과 관련한 증세들에 대해 걱정해 본 경험은 누구에게나 있다. 결국, 우리는 이런 걱정은 한낱 기우에 불과하다는 결론을 내리고 가슴을 쓸어내린다. 어느 정도의 부족한 눈썰미와 건망증일 경우가 많기 때문이다. 실제로 타인의 얼굴이나 거울에 비친 자기 얼굴마저 인지하지 못하는 것이 증상으로 나타나는 것이 '실인증'이다. 보통, 이 증세는 색채나 물체나 장소에 관한 실인증까지 수반하는 경우가 많다고 한다. 따라서 실생활에 불편을 초래하게 마련이다.

　고백하자면, 나도 사람들을 잘 알아보지 못해서 곤혹스

러웠던 적이 많은 축에 속한다. 하물며 여러 번에 걸쳐서 만난 적이 있었던 사람들을 알아보지 못해서 상대를 민망하게 한 적도 있는데, 이는 예의에 어긋난 처사가 아닐 수 없다. 게다가 눈썰미까지 없는 편이라 크게 관심 없는 분야에 대해서는 지나칠 정도로 무심한 편이다. 문득 예전에 맛있게 식사했던 식당이 생각나서 작정하고 집을 나서면, 핸들을 잡은 채 우주미아가 되어 버린 심정으로 출발조차 못 하고 멈춰 선 기억도 있다. 느닷없이 고백하는 이유는 다름 아닌 오늘 새롭게 만난 인연 때문이다.

한때 아꼈던 동생 J가 있었다. 천성이 온화하고 친절한 성격이라 형, 아우 할 것 없이 그는 누구나 좋아하는 사람이었다. 한마디로 그를 나쁘게 평하는 이를 여태 본 적이 없다. 그런 그와 나 사이에 주변 사람들로 인해 몹쓸 오해와 억측이 만들어졌고 그와 자연스럽게 연락하지 않은 채 수년을 보냈다. 가끔 J가 보고 싶을 때도 있었지만, 먼저 연락을 취하기엔 자존심이 허락하지 않았다. 그런 그가 K와 L을 대동해서 나를 찾아왔다. 그동안 잘 지냈냐며 의례적인 인사를 나누었지만, 악수할 때 손끝에 전해지는 온기는 이미 과거의 기억을 그대로 전해주었다. 그제야 내가

한 번도 J를 탓하거나 미워한 적이 없었다는 것을 깨닫게
되었다.

사람의 인연은 어디에서 비롯되고 어디에서 갈음되는 걸
까. 그와 나 사이에는 오래된 인연답게, 많은 사람과 관계
가 존재해 왔다. 그들과 우리의 감정들이 유영하는 동안
서로에게 상처를 입히고, 그 상처로 말놀이에 서서히 우리
가 지쳐갔음은 물론이다. 사람의 마음은 말로 전해지는
것이 아닌데, 굳이 말을 통해서야 믿음을 가지는 것은 어
리석기 그지없는 일이다. 놀이는 장난에 불과하다. 누군가
에게는 게임일 수도 있지만, 누군가에게는 치명적인 상처
가 될 수도 있다. 그것은 세 치 혀로 누군가를 죽이는 것
과 크게 다르지 않기 때문이다.

오랜만에 사람을 만나면, 대개 두 가지 유형의 감정으
로 나누어지는 편이다. 어떤 이는 좋은 기억들만 남아있
고, 정작 나쁜 기억이 전혀 없는 경우, 그리고 앙금처럼 나
쁜 기억만 남아있고 좋은 기억을 떠올려 보려 해도 생각나
지 않는 사람도 있다. 사람과 사람이 만나서 어느 정도의
시간을 함께 어울려 지내다 보면, 기쁜 일과 슬픈 일, 안

타까운 일들을 병존해서 경험하게 마련이다. 어떻게 좋은 일, 나쁜 일만 있을 수 있겠는가. 그런데 어떤 이를 만나면 온통 내가 모욕당한 일과 치 떨리는 기억으로 괴로웠던 경우도 있다.

온갖 위험으로부터 스스로 자신을 방어하려는 것은 누구에게나 본능에 가깝다. 두 번 다시 악연과 얽히고 싶지 않은 것은 본능이다. 악연과 인연을 구분하는 것은 생각보다 쉽지 않다. 이것이 쉬운 거라면 사람의 관계에서 갈등과 분열은 일어나지 않을 테니 말이다. 그때는 가슴이 느끼는 것이 정답일 경우가 많다. 눈으로 판단하는 것이 아니라 마음으로 읽어내는 것은 대체로 크게 틀리지 않기 때문이다. 천성적으로 눈썰미도 없고 사람을 알아보는 데는 젬병인 나의 오랜 경험으로 미루어 볼 때, 본능에 충실한 판단이 옳았을 때가 많았다.

인간관계를 맺을 때 자신에게 문제가 있다고 생각하는 사람은 드물다. 심지어 누가 봐도 상식적이지 못한 행동이나, 경우에 어긋난 행동을 하는 사람조차도 자신에게는 아무런 문제가 없다고 생각하기 때문이다. 그런 모습을 보면서 '어른'이 '반성'을 한다는 것은 그야말로 힘든 일이라는 확신이 생긴다. 서로의 이해관계 때문에 어쩔 수 없이 사과하고 화해하는 경우는 많이 봐 왔다. 다른 사람을 자신의 모습으로 바꾸려 해선 안 된다. 서로 간의 차이를 이해하려는 노력이 답이다. 오늘 만난 J 그리고 동석했던 K와 L을 지켜보는 동안 입가에 웃음이 떠나지 않았던 것은 한 치의 가치도 덧대지 않은 자연스러움이었다.

새로운 인연은 아니지만, 실인증에 가까운 나에겐 새로운 인연만큼이나 즐겁고 설레는 시간이었다. 사람을 곁에 두고 사람을 찾아 헤매는 것이 현대사회를 바쁘게 살아가는 우리들의 모습이 아닐까. 어쩌면 인연이라는 것은 시작은 있으나, 그 끝은 자신할 수 없는 것일 수도 있겠다. 처음 맺은 인연을 소중히 여겨야 한다. 물론 악연도 분명히 존재함을 부정할 수는 없다. 그래서 함부로 인연을 맺지 말라는 말이 있나 보다.

숨바꼭질

추억은 아름답다. 과거이므로 모두 아름답다고는 할 수 없지만, 그래도 추억은 아름답다. 추억(追憶)은 지난 기억을 더듬어서 회상하는 것을 의미한다. 때로는 위안이 되기도 하지만, 쓸쓸한 기억으로 남는 경우도 적지 않다. 그래도 추억은 아름다울 수밖에 없다. 힘든 기억은 힘든 대로 현실에서 위안 삼을 수 있어서 그러하고, 좋은 기억은 그대로 남겨 둘 수 있으니 그러하다.

요즘 아이들은 인터넷이 없으면 놀이가 거의 불가능한 시대에 살고 있다. 그러니 가엾다. 새로 생긴 아파트마다 시설들은 점점 고급스러워지는데, 놀이터는 텅 비어 있다. 뛰어놀 아이들이 없고, 그곳은 성대수술과 중성화수술을 마친 강아지들의 놀이터와 갈 곳 없는 노인들의 휴게공간으로 전락한 지 이미 오래다. 얼핏 보면 마치 노인들이 아이들의 성지를 점령한 것처럼 보이기도 한다. 하교 시간에 맞춰 노란 버스들이 대기하고 있다가 아이들을 움켜쥐고 여러 사설학원으로 떠난다. 학교에 남아 축구하고 뛰어노는 아이들을 찾아보기 힘들고 그나마 몇 안 되는 아이들은 방과 후 수업을 기다리며 우두커니 버스에 탄 친구들을 눈으로 배웅한다. 해마다 가속화되는 저출산율로 인해 아이들의 수는 줄어만 가는데, 그마저도 이렇게 나눠지는 현실 속에서 살아가는 친구 잃은 아이들이 또 가엾다.

요즘 아이들은 참을성이 부족하다고 한다. 잘못된 표현이다. 어른들의 인내가 부족한 탓에, 정작 아이들에게 이를 기대할 만한 여건을 만들어 주지 못한 것이 사실이다. 가령 신체 발육의 경우에도 다른 아이들에 비해서 내 아이가 신장이 작은 것 같다는 판단이 서면 바로 병원으로 향한다. 아이들은 저마다 성장발육이 다르다. 놀라운 건 이런 어른들의 요구에 발맞춰서 해당 병원들은 거기에 맞는 처방과 치료를 제시한다. 아이들은 그날부터 환자가 되어 버린다.

나의 경우는 다르다. 중학생 때 키가 작아서 제일 앞자리에 앉아서 수업을 들었는데, 고등학생이 되면서 하루가 다르게 자라더니 지금 동년배들보다 훨씬 큰 편이다. 물론 키가 크면 우성이고 작으면 열성이라는 건 고정관념이다. 우스갯소리로 영양소들의 밀도(密度)가 오히려 단신의 경우가 더 높아 장수한다는 말이 유행한 적도 있다. 황순원의 단편 〈학〉에서 묘사한 '하늘 높은 줄 모르고 땅 넓은 줄만 아는 꼬맹이'가 당시에는 놀림감이었지만, 지금은 하늘 높은 줄도 알고 땅 넓은 줄도 아는 '고도비만'의 아동들이 급격히 늘어나고 있다. 서구화된 식습관이 주요 원인이라고 알려져 있다. 풍족한 먹거리에 비해 몸을 움직일 시간이 없는 아이들이 비만으로 남는 건 어쩌면 당연한 일이다.

누구에게나 봄가을에 얽힌 소풍 놀이는 추억 중에서 단연 으뜸이다. 인근 관광지 혹은 동산의 입구마다 조잡하고 뻔한 장난감들을 수레에 싣고 나타나는 상인들이 불어대는 피리 소리, 저학년 아동들을 겨냥한 다양한 풍선들, 바쁘게 돌아가는 솜사탕, 그들의 눈총을 받으면서도 이들에게 현혹되지 않도록 아이들을 부르는 담임 선생님의 고함도 모두 추억이다.

한편 이 모든 어수선함을 일시에 조용히 집중시키는 놀

이가 바로 '보물찾기'였다. 모든 물자가 부족했던 70년대, 몽당연필에 침을 발라가며 쓰던 그 궁핍한 시절에 귀한 학용품들의 이름이 적힌 쪽지를 찾는 보물찾기는 단연 최고의 놀이였다. 요즘 아이들은 유명 캐릭터별로 '소장의 가치'가 학용품 구매의 이유인 경우가 많지만, 당시에는 연필한 자루도 당장 내일 등교하자마자 바로 사용해야 할 '소중한 가치'였기에 더욱 비장할 수밖에 없었다. 그 와중에 우리들의 '일그러진 영웅'도 존재했다. 그는 아이들이 찾은 보물쪽지 일부를 수탈(?)했지만, 모두 빼앗지 않고 본인 것 한 장 정도에서 만족할 줄 아는 양심은 남아있던 시절이었다.

당시 소풍의 진행 과정은 지금 생각해 봐도 매우 합리적이었다. 일단 교내 운동장에서 모두 모여 교문을 나서 줄지어 걷는다. 그것도 한 시간 이상은 족히 걸릴 거리를 도보로 걷는다. 도보로 걸으면서 선생님과 이런저런 이야기도 나눌 수 있었고, 평소 다니던 길이었음에도 소풍 길에 지나는 우리 집도 다른 기분으로 바라볼 수 있었다.

산책은 깊은 사고를 할 수 있는 좋은 방법이다. 차를 타고 지나가 버리면 아무 의미도 없는 그 길을, 걸어서 가면 풀 한 포기에 눈이 가고, 따가운 햇살에 얼굴을 찌푸리면서도 푸른 하늘을 바라볼 수도 있다. 그렇게 목적지에 도착하면, 가방부터 풀어 헤치고 시장한 배를 김밥으로 채운다. 이어서 포만감에 졸릴 때쯤 보물찾기가 시작되는데, 희비가 엇갈릴 때쯤 장기 자랑으로 보물을 못 찾은 아이들의 속상한 마음을 달래 주기도 하는 것이다. 한껏 푸른 가을 하늘처럼 이렇게 추억은 푸름을 닮아 있다.

보물찾기 못지않게 우리에게 긴장감을 주는 놀이가 바로 숨바꼭질이다. 아이들의 놀이 중에서 동선(動線)이 가장 넓은 이 놀이는 긴장감을 최고조로 끌어올리는 마력이 있다. 술래는 눈을 감고 '무궁화꽃이 피었습니다.'를 외치는 동안에도 이리저리 몸을 숨기기 위한 부산한 발걸음 소리에 신경을 써야 하는 긴박감, 그리고 이미 숨은 아이들을 찾아내기 위한 긴장감은 늘 어린 심장을 두근거리게 한다. 숨는 아이들도 더하면 더했지, 덜하지 않은 두근거림을 공유하게 마련이다. 숨은 이와 찾는 이가 모두가 술래인 셈이다. 이 모두가 진심이었고, 진실이어서 가능했다.

어른들의 숨바꼭질은 재미가 없다. 정권이 바뀔 때마다 해당 기관들이 묵은 '적폐'를 청산하겠다는데, 정치보복이란다. 그들만의 숨바꼭질이 불리해지면 흑색선전을 일삼곤 한다. 국민들의 입장에서는 이미 검찰과 경찰에 대한 신뢰가 크게 없다. 술래의 어원은 순라(巡邏)에서 비롯되었다고 한다. 조선시대에는 야간에 발생할지 모르는 화재와 범죄 등을 막기 위해 궁중과 도성 주변을 도는 이가 있었는데, 이를 순라군(巡邏軍)이라 하였다.

사필귀정(事必歸正)이라고 했다. 적폐를 잡아내는 것이 정치보복이라면, 정권이 바뀔 때마다 보복이 지속되었으면 좋겠다. 현 정권이 잘못한 것이 있다면, 차기 정권에서 또 보복했으면 좋겠다. 없는 죄를 만들어 벌하는 것은 절대 안 될 일이지만, 있는 죄를 찾아내서 벌하겠다는 것이 무엇이 잘못되었다는 건지 도무지 이해할 수가 없다. 숨바꼭질에서 최고의 반칙으로 여기는 것이 숨기로 한 동무가 귀가해 버리는 경우라고 할 수 있다. 국민을 우롱하고 농단의 이익을 취한 자에게는 돌아갈 집이 없어야 한다. 이것이 대한민국 민주공화국의 숨바꼭질 절대 규칙이어야 한다.

노인편승(老人便乘)

아이들은 언제나 희망이다. 한 가정의 희망이고, 한 국가의, 더 나아가 지구촌의 희망은 우리 아이들이다. 그런 아이들에게 부모와 국가는 지금 무엇을 가르치고 있는가. 아이에게 필요한 건 마음을 나눌 어린 왕자의 사막여우 같은 친구인데, 어른들은 그 친구와의 '관계'가 미래를 저해하는 요소 중 하나라고 잘못 가르치고 있다. 매우 뛰어난 학업성적을 유지하는 친구의 경우는 예외에 해당한다. 물론 그 탁월한 친구의 부모는 내 아이와 친구하고 싶을 이유가 없다고 가르친다. 심지어 학교에선 곁에 앉은 짝꿍도 경쟁자라며 긴장을 놓지 말라고 가르친다. 함께 도우며 살아가야 하는 공생의 관계에서 절대적 경쟁자는 있을 수 없는데, 경쟁을 가르친다. 부(富)의 정도가 행복의 척도라고 착각하는 어른들이나 학업성적이 그러하다고 여기는 아이들이나 다를 바 없다.

막상 부를 이룬 어른이나 매번 일등만 하는 아이들이 행복하지 못한 경우를 많이 본다. 오히려 우리는 학교를 졸업하고 직장을 다니면서 주위 사람들의 도움이 없으면, 아무것도 할 수 없음을 비로소 깨닫게 된다. 경쟁자는 오직 자기 자신임을 말이다. 그럼에도 왜 잘못 가르치고 배우려는 걸까.

아이들이 무기력하다. 무기력증(無氣力症 Lethargy)이란 매사에 의욕을 느낄 수 없는 증세를 말한다. 딱히 힘든 일을 해서가 아님에도 늘 피곤하다. 이를 두고 휴대폰이나 게임 등을 원인으로 내세우는 이도 있으나, 나의 생각은 다르다. 무기력은 꿈의 부재에서 비롯된 것이다. 하고 싶은 일이 생겼을 때, 의욕이 생기는 것은 당연한 일이 아닌가.

수개월 전부터 인문학 수업을 받고 있는 아이가 있다. 겨우 14살 난 녀석의 머리는 매우 비상하다. 특히 어른들의 뻔한 수(手)를 파악하는 데는 탁월한 능력을 가졌다. 학교나 학원에서도 선생님들과 시비를 가릴 일이 생길 때마다, 불패(不敗)의 기록을 가진 이 아이의 묘수는 바로 '무기력증'이다. 나의 인문학 수업 목표는 단 하나 '꿈 찾기'이다.

부모는 어떤 회유를 통해서라도 다른 아이처럼 이 아이가 정규과정의 울타리에 길들기를 바랄지도 모른다. 그러나 정규과정을 이미 겪을 만큼 겪어본 나의 경험으로 미루어 이 아이에겐 '하고 싶은 것'을 찾는 것이 더 시급하다고 판단했다. 본인이 하고 싶은 것이 무엇인가에 따라서 이에 필요한 학습을 강화하는 것이 수순이기 때문이다.

노인들의 세상이다. 젊은이들의 기회와 희망을 침탈(侵奪)한 일부 노인들의 세상은 흉물스러운 기운마저 감돈다. 열 살 난 여자아이를 성폭행한, 이웃집 칠십 대 노인의 인적사항이 기재된 유인물과 만나는 일은 놀랍지도 않다. 근대화 산업 발전의 격동기를 거친 패기를 그대로 지닌 채, 의학의 기술과 비례한 수명이 연장되어 고령화사회로 접어든 지는 이미 오래다. 65세 이상의 연령이 전체인구의 7%를 넘어섰다는 이야기와 상통한다.

그들은 한강의 기적을 이루어 낸 장본인답게 '새마을운동의 정신'을 모르는 젊은이들을 나무라면서도, 그들의 자리를 쉽게 내주려 하지도 않는다. 정치나 경제, 하물며 예술 분야에서도 그들은 노익장을 과시하며 무능(?)한 젊은

이들을 꾸짖는다. 하물며 그들은 SNS까지 활용하며 '가짜뉴스' 양산에도 기여하면서, 국정농단 주범들의 무죄를 주장하는 파렴치한 모습까지 공유하는 적극성도 보여준다. 대도시로 자녀를 떠나보내고 손주 얼굴을 보러 바리바리 먹거리를 싸 들고 버스에 오른 촌로(村老)의 모습을 더 이상 찾아보기 힘들어진 세상이다. 시 한 편 소개한다.

> 선심 쓰듯 잠시 세운 버스에/노인은 힘겹게 계단을 오른다//오늘도 제 덩치를 잊은 버스는/차선을 비켜가며 잘도 굴러간다.//휘어진 등은 굴곡진 삶의 표현(表現)/애원하듯 손잡이를 꼭 잡은/야윈 두 손//뿌연 차창 너머로/손주들의 뽀얀 얼굴이 가물거리고/서투른 미소를 머금는데//급정거로 멈춘 버스 안에는/삶에 찌든 아들의 얼굴이/며느리의 얼굴이/그리고 이내/병들고 지친 노인의 얼굴이//그래/할아비 다 와간다.

〈노인편승〉 전문, 월간문학 44p, 2010

'적당(適當)'이란 말이 있다. 음식은 간이 적당해야 하고, 건물과 건물 사이에는 적당한 간격이 있어야 한다. 노소(老少)는 적당한 질서가 유지되어야 한다. 인격은 대등한 위치에서 이루어지더라도 노인은 삶의 혜안(慧眼)을 통해서 젊은이에게 희망을 이야기해야 하고, 젊은이는 믿음을 가지고 이를 바탕으로 사회를 발전시켜 나가는 것이 질서다. 노인과 젊은이가 대적(對敵)하는 사회는 위험하다.

누가 누구에게 편승할 수 없는 현대를 살아가는 우리는 저마다의 몫을 해야 한다. 금수저와 흙수저를 당연시하면, 계급사회의 굴레에서 벗어날 수 없다. 아이들이 마음껏 꿈꿀 수 있는 세상을 만들어 가야 한다. 책 한 줄 읽지 않는 어른들에게서 아이들이 무엇을 보고 배울 수 있겠는가. 가르칠 것이 없는 어른들이, 가르치려 들면 들수록 아이들의 비웃음만 사게 될 것은 뻔하다. 수업 시간 중에 책상 위에 엎드린 아이들을 주목할 필요가 있다. 그 아이가 미래의 꿈을 포기하는 순간 대한민국의 미래를 포기하는 셈이니까 말이다.

Aporia, 바닷가재

아침 일찍부터 인터폰이 울렸다. 택배를 빨리 찾아가라는 경비원의 목소리에 짜증이 묻어있다. 유쾌하지 않은 심정으로 관리실에 들렀더니, 사과 상자 크기의 스티로폼 용기를 건넨다. 발신인을 보니 계절이 바뀔 때마다 '이봄' '이여름' '이가을' '이겨울'이라는 이름으로 잊지 않고 커피나 과일을 보내 주시는 서울에 거주하는 익명의 독자였다. 낯설고 어색하기만 하던 페이스북을 통해서 알게 된 인연들도 어느새 기하급수적으로 늘어난 것 같다. 여태까지 뭐하는 분인지, 심지어 남자인지 여자인지조차 모른 채 이렇게 소식을 전하는 독자들도 간혹 있다. 감사할 일이다.

택배 상자를 들고 와서 약간의 기대와 설렘으로 열어보는 순간, 경악을 금치 못했다. 여태 유심히 본 적 없었던 바닷가재 세 마리가 영화 속 우주 괴물 에일리언을 빼닮은 채 정성스레 포장되어 천연덕스럽게 드러누워 있었다. 녀석의 유일한 병기(兵器)일 수 있는 집게 두 개는 꽁꽁 묶여 있었지만, 갑각류의 특징대로 껍질은 다소 위압적이었다. 식당에서 손질이 잘 된 바닷가재를 우아하게 먹었을 때의 자태와 살아서 꼼지락거리는 바닷가재를 눈앞에서 목격하는 것은 완전히 다른 이야기였다. 한편으로는 고등어나 갈치가 살아서 눈앞에 놓인다면 그걸 먹을 수 있을까 하는 생각도 들었다. 즐겨 먹는 치킨에까지 생각이 미치자 도저히 이대로는 끝이 나지 않을 것 같았다. 정신을 차리고 바닷가재도 먹거리임을 잊지 말되, 본질을 재인식하자며 짐짓 태연한 척했지만 당혹스럽긴 매일반이었다.

인터넷에 검색해 보니 여러 가지 조리 방법 중에 찜통에 그냥 쪄 먹으면 된다는 가장 쉽고 편한 정보대로 세 마리 모두 푹 삶아서 식탁으로 옮겨와서 냄비뚜껑을 열었는데, 다시 한번 당황스러울 수밖에 없었다. 그렇지 않아도 긴장하고 있었는데, 호전(好戰)적인 무사처럼 붉은 핏빛으로 변색하고 이번에는 집게까지 해제되어 금방이라도 살아 움직일 것 같았기 때문이기도 하지만, 당장 어떻게 먹어야 할지를 모르는 내 모습을 보며 우습게도 학창 시절 읽었던 철학서에서 본 아포리아가 갑자기 생각났기 때문이었다.

아포리아(Aporia)는 철학 용어이기도 한데, 해결 방법을 찾을 수 없이 난관에 부딪혔을 때 쓰는 표현이다. 소크라테스의 '대화'는 상대를 아포리아의 벼랑 끝으로 내몰아 스스로 무지를 깨닫게 하는 방법으로 널리 알려져 있다. 반면 플라톤은 필연적인 로고스(logos)를 펼치는데, 반드시 부딪히게 되는 난관을 아포리아라고 정의를 내린 바가 있음은 잘 알려져 있지 않다. 필연적인 아포리아 속에 있는 자는 수많은 질문 속에 놓이게 된다. 그 질문에 답을 하는 과정을 통하여 전체와의 관계를 형성해 가는 이른바 바닷가재와 나와의 문제를 해결하기 위한 실마리를 풀어내어야만 '익숙한 관계'가 될 것이라는, 조금은 억지스러운 가정에 보내 주신 분의 정성까지 더해져서 제대로 먹어야 한다는 사명감(?)까지 들었다.

바닷가재, 녀석들은 결국 두 개의 조리용 가위를 망가뜨렸으며, 마침내 망치로 갑옷들이 산산조각이 나서야 부드러운 속살을 드러냈다. 굳건한 껍질 속에서 끄집어낸 쫄깃한 살을 발라서 아들의 입에 먼저 넣어 주었더니 "맛은 있네. 근데 영덕대게하고 맛이 거의 똑같네. 물론 그거보다 먹기 더 어렵긴 하지만."하고 소심한 감정을 드러내더니 히

죽거린다. 동족애랄까. 함께 전리품을 획득한 장수들처럼 부자간에 괜한 웃음이 번진다. 맛이야 둘째치더라도 불과 좀 전에 찾아왔던 가벼운 공포와 당황스러움은 온데간데 없고, 먹을 게 별로 없었다는 둥 먹지도 못하는 대가리가 반을 차지한다는 둥 더 큰 걸 보내줬더라면 아마 바다로 되돌려 보내버렸을 거라며 농담을 하는 여유까지 부린다.

주로 새벽에 글을 쓰다 보니 아파트 이웃들의 사소한 일상들의 소음과 생활방식이 불편할 때가 잦다. 이를테면 택배나 본인이 직접 수령해야만 하는 우편물들이 그렇고, 층간 소음이 그렇다. 아침이 되어서야 겨우 잠이 들면, 분주한 삶의 보편적인 소음들이 힘들 때가 많다. 연립주택에서 살 때는, 벽에 못이라도 하나 박으려다가도 어쩌면 옆집에서 곤한 잠을 자고 있을지도 모르기에 조심스럽게 망치질을 하다가 손을 내리친 적도 있다. 그럴 때마다 사람들의 생활방식은 날이 갈수록 다양해지는데 주거에 대한 환경은 큰 변화가 없다는 생각이 들었다.

현실적으로 불가능한 이야기일 수도 있지만, 도시를 건설할 때 다양한 생활방식에 따라 주야간으로 나누어 구

획 정리하여 타운을 건설해 보는 건 어떨까, 하는 상상의
나래를 펼친다. 이를테면, 야간형 주거지역에서는 은행 등
금융기관을 비롯한 관공서 직원들도 저녁에 출근해서 업
무를 보기 때문에 시민들은 자연스럽게 새벽 세 시쯤 주민
센터에 들러서 민원서류를 발급받고, 기왕 나선 김에 새벽
다섯 시쯤 심야 전용 극장에서 영화도 보고 그랬으면 참
좋겠다. 상상만으로도 즐겁기 그지없는 일이다.

어쩌면 아포리아를 만나는 것은 불행이 아니라 새로운
관계를 만들어 내고 의미를 부여할 수 있는 행운일 수도
있다. 혼자 살아가는 삶이 아니기 때문이기도 하고 무엇보
다 우리는 어린 왕자와 사막여우처럼 서로에게 길들고 익
숙해져야 하기 때문이다. 바닷가재와 우리는 먹이사슬 '관
계'의 방증에 그치고 말았지만 말이다.

연(緣)의 연(鳶)

시간의 강은 늘 한 방향으로 흐르네./유영하되 거스르지
못하는 미련스러움에/걸음을 멈추고 하늘을 바라보네.
휴//빈 얼레를 되감으며 하늘을 바라보네./가슴을 찢고 짓
이겨 흐트러진 구름들이/대지에 내려앉아 슬픔으로 쌓여
가네.//햇살 한 줌 흩뿌리는 오후 한나절에/하얀 슬픔들이
녹아들고 멈춰선 발자국도/지워지고 사람도 하나 둘 지워
지고//끊어진 연은 점점 사라져 가네.

　2013년에 발표했던 시집 《가랑잎, 별이 지다》에 수록된
'연(緣)'이라는 작품의 전문이다. 이 작품의 제목을 보면 흔
히 방패연이나 가오리연 등에 쓰이는 솔개연(鳶)을 쓰지 않
았다. 그럼에도 불구하고 '얼레' 등의 날리는 연을 연상하
는 시어들이 쓰이고 있다. 인연(因緣) 등에서 쓰이는 묶음
연(緣)을 사용하면서 중의적(重義的)인 의미를 주기 위해서
이다. 연(鳶)을 통해서 연(緣)을 표현하고자 했다.

법(法)은 상식이라고 믿고 있다. 물 수(水)변에 갈 거(去)를 결합한 회의(會意) 문자이다. 회의 문자란 두 개 이상의 단어가 만나 하나의 의미를 갖는 문자를 말한다. 실질적으로 법은 이렇게 물이 위에서 아래로 흐르듯 자연스럽게 흘러가야 한다는 뜻이다. 즉 공평(公平)하고 바르게 죄를 조사해 옳지 못한 자를 벌한다는 뜻을 나타내는 한자에서 비롯되었다. 이는 상식과 크게 다른 이야기가 아니다. 누군가 옳지 않은 선택을 하더라도 이를 누군가 제어하는 것을 의(義)라고 할 수 있다. 매일 뉴스와 기사들을 접하면서 이렇게 의롭지 못한 사람들이 여태 어떻게 국민을 대표해서 의원(議員)으로 자리매김할 수 있었는지 경이롭기 그지없지만, 어찌 되었건 청문회를 지켜보면서 과연 지금 저들에게 완장을 차고 제 할 일을 하라고 한 주체가 나를 포함한 대다수 국민이 맞는지조차 의심스러울 만큼 생소하다.

대통령 연설문 한 회 분량도 안 되는 헌법이 크게 현학적인 표현이 쓰인 것도 아니고 복잡하기 그지없어서 여기저기 손볼 것이 많은 보험회사 약관도 아닐진대 무슨 헌법이 수십 년이 지나도록 아직 개헌할 부분이 남아있는지 의문이 들기도 한다. 총 10장 130조 그리고 부칙 6개 조로 구성된 헌법은 어지간한 초등학교 동창회 모임 회칙처럼 기본에 충실하게 집약된 내용으로 구성되어 있다. 물론 집권 정당이나 절대적인 권리를 가진 소수의 이해관계자 집단으로 인해 개정된 바도 없지 않을 수 있다. 헌법이 육법(六法) 중에 가장 간결하게 성문화(成文化)된 데에는 그만한 이유가 있다고 여겨진다. 이는 '상식'이기 때문이다.

상식을 벗어난 모든 인연은 기괴하다. 호의로 맺어진 인연이 악연으로 변해가는, 재산적 가치가 인간존엄의 가치보다 높이 평가하는 잣대에 기인한다. 과거 역대 집권자들의 말로가 하나같이 피고의 위치에 섰지만, 이를 부끄럽게 여기고 스스로 세상과 인연을 끊어버린 한 사람을 제외하고 모두 보란 듯이 잘살고 있다. 매우 잘들 살아가고 있다. 그래서 슬프다.

정치인은 명예롭지 않다. 슬픈 현실이다. 정당의 목적은 정권 획득이라고 교육받아 온 과거의, 어쩌면 현재까지도 우리는 그 어떤 것들도 그들에게 기대할 수 없다. 명예는 신독(愼獨)에 힘쓸 때 유지할 수 있다. 어떤 절차와 과정이 부정하더라도 부를 축적할 수만 있다면 명예를 이어갈 수 있다는 오만과 착각으로부터 자유로워질 때, 비로소 명예로울 수 있는 것임을 깨달아야 한다. 부정을 위해 조직을 결성하고 이권 쟁탈에 최선을 다하면, 권력의 중심에 설 수 있을지는 몰라도 명예로울 수는 없다. 이는 지금의 현실에서도 충분히 알 수 있지 않은가.

유유상종(類類相從)은 비단 과거의 고사성어에 그치지 않는다. 국정농단 사건의 무리에서 누구든 거부감 없이 공존하고 공생할 수 있다는 것만으로도 그 또는 그녀는 그 무리의 일원임을 인지해야 한다. 혹자는 '그, 혹은 그녀'는 피해자일 뿐이고 그 주위의 무리만이 가해자 또는 모사꾼으로 몰아가지만, 그렇지 않다. 그럴 수는 없다. 하늘을 나는 방패연이 어지러이 난항을 겪는다면 때론 과감하게 얼레의 줄을 끊어내야만 한다. 우리가 원해서 세상과 인연을 맺지 않았을지는 모르지만, 사람과 사람의 인연은 결국 본인이 만들어 가는 것이고 이어 가는 것임을 잊지 말아야 할 것이다. 수많은 연(緣)의 연(鳶)들이 관계와 관계 속을 날아다니지만, 얼레는 정작 한 사람, 한 사람 각자의 손에 따로 쥐어져 있을 테니 말이다.

검은 꽃

국어사전에서 인종(人種)을 검색해 보면 '사람의 씨'라는 뜻과 함께 지역과 신체적 특성에 따라 백인종, 황인종, 흑인종이 대표적이라고 나온다. 크게 두 가지로 나누는 경우도 있다. 백인과 유색인종이 그것이다. 이 또한 뭔가 석연치 않다. '인종'이란 단어 자체가 사라져야 하지 않을까. 누가, 언제부터 이렇게 구분해 놓았을까? 딱히 궁금하지도 않고, 가치 없는 일에 유례를 찾아볼 생각도 없지만, 유감이 아닐 수 없다. 심지어 전 세계에서 인종을 저리 교육하고 있다는 것도 놀랍다. 유색인종의 나라들조차 이렇게 가르친다는 것도 아이러니다. 사람을 피부색으로 구분 짓다니 어이없는 일 아닌가. 인종을 사전에서 지우고 인류만 남기는 것이 바람직하다.

2020년, 미네소타주 미니애폴리스에서 경찰의 강압 체포 행위로 흑인 남성이 사망하는 사건이 발생했다. 위조

수표 신고를 받고 출동한 경찰이 비무장의 그를 진압하는 과정에서 그는 사망하고 말았다. 지나가던 행인들이 만류했지만, 경찰이 이를 듣지 않자, 누군가가 휴대전화로 촬영해서 SNS에 영상을 공개했다. 영상에는 남성이 경찰에게 "숨을 쉴 수가 없다. 나를 죽이지 말아 달라."고 고통스럽게 호소하는 장면이 담겨 있다. 그러나 경찰은 여전히 그의 목을 무릎으로 찍어 누른 채 사망에 이르게 했다. 끝내 코피를 흘리며 미동조차 없던 남성은 들것에 실려 응급차로 이동했다. 다른 경찰은 가해 경찰의 진압 과정을 방치한 채 오히려 행인들의 접근을 막았다. 시민들이 지켜보는 가운데, 살인사건이 벌어진 것이다. 소름 끼치는 사건이 아닐 수 없다. 경찰은 당시 모두 백인이었다.

같은 해, 5월 30일 오후 3시 22분(현지 시각) 플로리다주 케이프커내버럴 공군기지 케네디우주센터에서 유인 우주선 '크루 드래곤'을 국제우주정거장을 향해 쏘아 올리는 데 성공했다고 한다. 짐 브리덴스타인 NASA 국장은 "미국이, 잠시 멈춰 하늘을 바라보며 밝고 빛나는 희망과 미래를 지켜볼 기회"라고 소회를 밝혔다. 아울러 당시 트럼프 대통령은 이제 미국은 다시 세계의 리더가 되었고, 이것은 시작에 불과하다고 밝혔다. 연일 우주여행의 시대가 열렸다고 격앙된 앵커의 목소리가 방송되는 걸 보면서 씁쓸한 마음을 감출 수가 없었다. 이 얼마나 이율배반적인 세상인가. 한낮에 공권력에 의해 살해된 한 흑인 남성의 죽음과 우주여행의 하늘길을 연 위대한 미국의 위상이 겹치면서 슬픔이 차올랐다.

첨단 과학의 발달이 현실이라면 인종 차별도 현실이다. 이에 대한 반성이 먼저다. 미국 내 인종 차별이 어제오늘의 일은 아니지만, 아직도 남북전쟁은 끝나지 않았음을 보여주는 일련의 사건들이 심심찮게 발생하고 있다. 트럼프 대통령은 흑인 남성 사망 사건으로 곳곳에서 벌어지는 시위 참여자들을 '폭도와 약탈자'로 규정하고 강경하게 진압할 것임을 시사했다. 우리의 1980년 5월 민주화운동이 떠오르는 대목이다. 이는 반성 대신 더욱 강한 폭력으로 대응하겠다는 의미다. 시위가 미국 전역으로 번져갈 가능성도 있는 데다 이미 한인 점포들의 피해도 발생한 상황이었다. 더 이상의 피해를 막으려면 강경 진압에 대한 대국민 사과가 먼저여야 했다.

시간이 지나면 어떤 식으로든 상황은 정리가 되게 마련이다. 아무리 선혈이 낭자한 사태라 할지라도 시간이 지나고 나면 고요와 침묵이 찾아든다. 바꿔 말하면 남아있는 이들에게 역사를 돌아볼 시간이 도래했다는 의미다. 뒤돌아보면 얼마나 부끄러운 과거들이 많았던가. 개인도 그런데 국가야 말할 것도 없지 않은가. 자랑스러운 역사의 기록들만큼이나 오욕으로 물든 사료들도 넘쳐간다. 진실은 어떤 베일로도 가릴 수 없다. 우주로 날아오르는 과학의 발달과 인간 존엄의 가치는 비례해야 한다. 피부색이 어둡건 밝건, 우리의 피는 모두 붉다. 설사 흑인 남성이 진범이었을지라도 비무장 상태의 시민을 진압 과정에서 사망케 한 사건은 인종 차별이 아니라고 보기 어렵다. 사망한 그가 꽃으로 다시 태어나더라도, 결코 두 번 다시 '검은 꽃'으로는 피어나고 싶지 않을 것이다.

3

유토피아의 두레박

유토피아에서 길어 올린 두레박에 담긴 첫물은
'과거에 대한 반성'이어야 한다.
사과하기 전에 선행되어야 할 일은
자기반성임은 두말할 것도 없기 때문이다.

보편(保便), 시늉과 실행

며칠 전, 나는 한때 유명 연기자였던 원로배우 L과 모 대학의 학장으로 재직 중인 R을 만났다. 어떠한 이해관계도 얽혀 있지 않은 그야말로 이 만남을 중재한 여류작가 Y와 함께한 술자리였다. 먼저 장소에 도착한 L은 가게에서 여러 사람들이 알아보는 덕에 유명세를 치르며 한껏 고무되어 있었던 터에 R이 한 말씀을 부탁하니 "지역에서 창작에 힘쓰는 젊은 예술인들이 살아야 하고, 정치적인 어떠한 것에도 문화 예술인들은 얽매이지 않아야 한다."며 본인의 의사를 밝히는 멋진 모습을 보였다. 듣는 내내 나는 '역시 오랜 연륜을 가진 연기자는 저렇듯 나름의 소신과 철학을 가지고 있구나.'라고 존경심마저 들었다. 그런데 거기까지였다.

술이 몇 순배 돌아가자, 분위기는 한껏 무르익었고, 그 사이에 Y가 뒤늦게 도착했다. 서로 인사를 나누고 술이

거나해진 L은 원로배우답게 과거의 역사적 인물들에 대한 인맥을 과시하며 그들과의 비사(祕史)를 거침없이 표현하던 대목에서 나와 상당 부분 어긋나는 부분이 있어서 심기가 불편했던 건 사실이었다. 하지만, 그 또한 본인의 생각이므로 그냥 듣던 차에 모 시인의 친일 행적을 비호하는 모습을 보고 실망감을 금할 길 없었다.

당황스러웠던 장면은 다음이었다. L의 한 손이 Y의 허벅지와 허리를 더듬는 모습이었고, 더욱 놀라웠던 건 L이 '정'이 많아서 그런 식으로 매번 표현해 왔다는 그녀의 해석이었다. 평소 정의롭고 까칠한 Y의 모습대로라면 '성추행'으로 문제 삼을만한 사건이었다. 무엇이 그녀를 그리도 관대하게 만들었을지는 굳이 설명이 필요 없을 것 같다. 상대가 유명연예인이 아니었더라도 그리 관대할 수 있었을까. 성추행은 그야말로 피해자가 피해의식을 갖지 않으면 그 힘을 잃게 마련이다.

그런 와중에 R은 어색해진 분위기를 만회한답시고 엉뚱하게도 본인의 술버릇에 대해서 얘기를 꺼냈다. 느닷없이 '나는 술 마시면 이렇게 되어 버리는 스타일'이라며 옆에 앉아 있던 나의 머리카락을 잡고 어깨를 흔드는 실례를 아무렇지도 않게 했다. 본인에게 누가 그랬다면 결코 가만히 있을 것 같지 않던 그가 말이다. 음주문화는 상대를 '함부로 대하는 것'이 아니라 취한 와중에도 '예를 갖추는 것'이라 배운 나로서는 당황스럽기 그지없었다. 그래서 "이런 자리는 불편합니다. 먼저 일어나겠습니다."라고 하니 그제야 R은 사과를 했고, 초면인 데다 분위기가 흐려질까 마지못해 이를 받아들이고 악수까지 나누게 된 상황이었다. 문제는 그다음부터였다.

L이 나에게 "자네도 그 자리에서 그렇게 일어나는 건 아니다. 술자리에서 그럴 수도 있지. 뭘 그렇게 정색을 하냐"고 개입하며, 점점 표현이 과해지기 시작했다. 이내 주위의 만류에도 불구하고 피해자와 가해자를 뒤바꾸려는 '만용'을 부렸다. 한때 전성기를 구가했던 최고의 연기자였던 기억이 떠올랐던 걸까. "너 몇 살이야?"라는 막말까지 하는 만용을 부렸다. 적반하장이 눈앞에서 벌어지는 상황에서 성추행의 가해자가 목격자를 가르치려 드는 것은 차마 넘길 수 없어 그들 모두 문밖으로 내보내고야 말았다.

누구나 술자리에서 실수할 수는 있다. 충분히 이해하는 부분인데, 실수를 한 자가 사과를 하고 이를 받아들이면 그만이다. 하지만 결례를 한 자의 역성을 그의 오랜 지인이 섣불리 끼어들게 되면서 상황이 백지화되는 경우가 허다하다. 실수임이 분명함에도 참고 넘어갈 수 없었냐고 오히려 사과를 받아들인 자를 닦달하는 만행을 저지르고 만다. 덧붙이자면 R은 불과 몇 개월 전에도 내 앞에서 Y에게 추행을 저지른 자로 본인이 만취해서 그날의 기억이 없고 Y도 더 이상 문제 삼지 않겠다고 해서 그에 대한 인식이 내겐 '유예'로 남아있던 당사자였다. 공교롭게도 이들에게 Y는 어떤 존재일지에 대한 궁금함이 남지만, 이 또한 그녀의 선택이니 할 말은 없다.

흔히 중재한다는 것은, 가운데 서서 양쪽의 불통(不通)을 원만하게 소통(疏通)시키는 것을 의미한다. L은 중재하지 않고 완전히 R에게 치우쳐진 채 사과를 받은 이를 나무라는 실수를 저지르고 말았다. 이를 보편(保便)이라고 한다. 부당하게 길어지는 L의 역성에 나는 예의를 갖추고, '어른이라 해서 너무 혼자 얘기하지 말고 상황을 보고 얘기하라.'고 하니, 오히려 노인을 괄시한다고 분노한 연기를 하는 L은 천생 배우임에는 틀림없었다. 더욱 가관인 것은 L의 지원 발언에 힘입어 사과했던 R조차 득세하여 의기양양하게 피해자에게 욕설과 고성을 지르는 행동을 보이는 모습이었다.

L에 대한 그의 익숙한 공명심이 무슨 이유에선지는 모르겠으나, 민망할 만큼 그는 비굴한 모습을 보였다. 불과 조금 전까지 내게 사과했던 R이 내게 욕설을 하고 본인이 한때 싸움도 좀 했다는 걸 내세우는 학자의 모습을 상상해 보라. 그에게서 학문을 연구하고 배우는 학생들이 우려스럽지 아니한가. 그의 모습은 말 그대로 추태, 그 이상도 이하도 아니었다. 적어도 실수를 인정하고 사과를 했다면 일관된 모습을 보여주는 것이 바람직하다. 소위 명문대학이라 자처하는 곳에서 권력 앞에서 맥없이 썩어 들어가는 뿌리를 부끄럽게 드러낸 것은 결코 우연이 아니다. 소수의 공명심이 만들어 낸 터무니없는 우월감이 보여준 지극히 당연한 결과임이 분명하다는 이야기다.

이는 만행이다. 일본이 국제사회에서 경제부국의 영업력을 앞세워 주변국에 저지른 만행조차 반성은커녕 교과서 왜곡 등 증거인멸에 혈안이 되어 있고, 위안부를 형상화한 평화의 소녀상을 치우라고 당당하게 우리에게 요구하는 모양새와 경중의 차이 외에 무엇이 상이한가. 안타까운 일이다. 게다가 유명인으로서의 위치도 망각하며 손바닥을 뒤집는 그들의 작태가 우습다. 사실 그날의 일화는 술자리에서 비일비재하게 벌어지는 일이다. 어떤 모양이나 움직임을 흉내 내는 것을 '시늉'이라고 한다. 시늉은 '~하는 척'을 하는 부정적인 예로 쓰이기도 하지만, 경우에 따라서는 '죽는시늉이라도 한다'는 따위로 비위를 맞추는 상황에도 쓰인다. 단언컨대 R의 행동이 시늉에 그쳤다면 실로 아무 일도 벌어지지 않았다. 그는 유감스럽게도 '실행'을 했고 L이 개입을 했고 Y는 방관을 했다. 그뿐이다. 문제는 그들의 '적반하장'의 모습이다.

달라질 건 아무것도 없을지도 모른다. L은 앞으로도 연기를 할 것이고 R은 과거 톱스타였던 그와의 인연에 감사하며 강단에 설 것이고 Y는 그들의 유명세를 지인들에게 뽐내는 일과를 보낼 것이다. 나는 여전히 시를 쓸 것이고 그렇게 어우러지거나 혹은 일그러진 채 하루하루 살아갈 것이다. 물론 다음 날 R이 Y를 통해 내게 사과한다는 문자를 전했다고 한다. 유쾌하지 않다. 분명히 내게 직접 사과하라고 Y에게 일렀음에도 그는 끝까지 비겁한 모습으로 남았다. 달라질 건 아무것도 없을지도 모르지만, 적어도 ' 문화'는 사라져야 한다. L과 R, 그리고 Y는 그리 살아갈 것이고, 이 땅의 모든 '갑질'에 반감을 가진 나는 또 다른 '그들'의 이야기를 이렇게 기록하며 살아갈 것임에는 분명하다.

증인(證人)의 침묵

1961년 8월에 영국 런던에서는 장소 이름을 따서 'A6사건'으로 불렸던 살인사건이 있었다. 연인관계였던 마이클과 발레리가 괴한으로부터 총격을 받은 사건이었다. 마이클은 현장에서 숨졌고, 발레리는 하반신마비가 되었지만, 기적적으로 살아났다. 그 후 유력한 용의자인 피터 알폰이 체포되었지만, 발레리는 범인식별절차에서 범인으로 제임스 핸래티를 지목했다. 사형선고를 받은 제임스의 무죄를 주장하는 전문 변호인단이 구성되고, 그들은 조직적으로 증인이자 유일한 생존자였던 발레리를 비난했다.

제임스는 1962년 4월 4일에 사형이 집행되는 순간까지도 억울함을 호소했다. 그 후 발레리는 불구의 몸으로 세상의 비난을 피해 은둔생활을 했다. 여론은 제임스를 잘못된 수사와 증언으로 희생당한 '희생양'으로 몰아갔다. 사형집행 35년이 지난 후 재수사를 결정한 영국 사법부는 제임스 가족의 DNA를 분석하여 그가 진범임을 밝혔으나, 본인의 것이 아니라는 비판까지 수용하여 결국 2001년에 그의 무덤에서 DNA를 추출하는 데 성공했고, 마침내 그가 진범임을 밝혀내는 데 성공했다. 35년이 흐른 뒤 사랑하는 연인도 잃고, 세상의 비난을 한 몸에 받았던 발레리가 남긴 유명한 말이 "사람들은 보고 싶은 대로 보고, 믿고 싶은 대로 믿는다."이다.

우리는 자의든 타의든 많은 사건을 목격하고 경험하며 살아간다. 누구나 증인이 되거나, 피해자 또는 가해자가 될 수 있다는 소리다. 무심코 목격하고 지나쳤던 상황이 한 사람의 운명을 결정짓는 중요한 사건이 되기도 한다. 간혹 '이 두 눈으로 똑똑히 봤으니 틀림없다.'고 확신에 찬 사람을 만난다. 실상과 허상의 마법은 섣부른 주관적 마음의 주문에서 비롯되는 경우가 많다. 그 사람의 '눈'은 이미 그의 잣대로 확신에 찬 짐작일 가능성이 높다. 그로 인해 잘못된 선택과 오해로 본인은 물론 타인까지도 곤란하게 만드는 일들이 비일비재하지 않은가.

A6사건에서 유일한 단서는 오직 발레리가 기억하고 있었

던 범인의 목소리와 눈빛이 전부였다. 만약 눈으로 본 대로만 진술했더라면 진범을 검거하기 힘들었을 것이 분명하다. 사랑하는 연인을 잃은 한 여인의 오감은 물론, 육감까지 정확했다. 종종 어눌한 실상보다 치밀한 허상에 현혹되기가 쉽다. 끝까지 범행을 부인했던 진범은 예수 그리스도의 왼쪽에서 십자가에 못 박혀 악담을 퍼붓던 이의 파렴치와 크게 다르지 않다.

한 물체를 두고도 여러 사람의 보는 각도에 따라 코끼리를 경험한 맹인들의 느낌처럼 다양한 형태로 보일 수 있다. 이를 바라보는 시선을 시각(視角)이라고 한다. 개인별로 처한 입장과 여건에 따라 시각의 차이가 클 수밖에 없다. 그 차이가 어우러져 형성된 것이 바로 사회성이다. 타인과 어울리지 못하면 흔히 사회성이 떨어진다고 표현한다. 안타깝게도 그들은 다른 사람의 시각을 이해할 마음의 여유가 없는 경우가 많다. 마치 정면에서 마주친 어미 곰의 등 뒤에 가려진 새끼 곰 세 마리를 볼 수 없는 것처럼 말이다. 때론 보기 싫은 것도 봐야 하고, 믿기 싫은 것도 믿어야만 한다. 진실이라면 말이다. 누구나 목격자는 될 수 있지만, 아무나 증인이 될 수는 없다. 증인은 그 누구도 진실 앞에서 침묵할 수 없도록 그들을 보호하고 도울 수 있어야만 한다. 언제나 증인에게 필요한 것은 말할 수 있는 '용기'기 때문이다.

지기(知己)의 등대

2020년부터 새 역사 교과서 집필 기준 시안에 '자유민주주의'라는 용어에서 '자유'가 사라졌다가 2025년부터는 '자유'가 다시 게재된다고 한다. 이를 두고 보수와 진보 진영의 찬반 논란이 뜨거웠다. 보수 측에서는 '사회'나 '인민' 민주주의와의 구분을 위해서는 '자유'가 필요하다고 주장하고 있다. 반면 진보 측은 1972년 박정희 대통령이 만든 유신헌법에서 도입된 반공주의의 잔재는 청산되어야 마땅하다고 주장하고 있다. 이에 대해서 따따부따할 생각은 전혀 없다. 각각의 주장들이 나름의 설득력은 있으니 말이다. 용어의 선택이나 의미보다도, 실질적으로 국민들이 어떻게 이해하고 실천하고 있는지가 더 중요하다고 생각하기 때문이다. 왜냐하면 자유, 인민, 태극기, 촛불 등의 단어 중에 어느 하나 나쁜 뜻이 어디 있는가. 누가 사용하느냐에 따라서 호불호가 나눠지게 마련이다.

자유민주주의 시대에 언론을 탄압하고 예술인들의 활동을 제재한다면 그따위 '자유'가 무슨 소용이란 말인가. 한마디로 '빛 좋은 개살구'보다 무 한 쪽이라도 맘 편하게 베어 무는 편이 낫다는 소리다. 남영동에서 스러진 자유의 넋들이 어디 한둘인가 갑론을박에 길든 꾼들의 유치한 정쟁(政爭)놀이는 이제 그만두었으면 좋겠다.

문명의 이기(利器)가 하나, 둘 개발될 때마다 반드시 한 쪽에서는 과거의 향수나 익숙함을 들어 비판하는 무리가 있어 왔다. 가령 e메일이 처음 나왔을 때도 손 편지의 아련함을, 노트북이 등장했을 때는 400자 원고지를 괴발개발 써 내려가던 이미 고인이 된 작가의 난필(亂筆)을 추억하며 괜한 너스레를 떨던 이들이 많았다. 지금은 일반적으로 편리하게 잘 쓰이고 있지만, 당시에는 불편한 것들에 이미 익숙해진 사람들은, 얄미울 정도로 빠르고 쉽게 처리하는 이기들에 대해 반감을 가진 이들도 많았다.

소중한 것들은 지키는 것이 옳다. 지금도 우리는 소중한 이에게는 가끔 손 편지를 쓰기도 하지 않는가. 아주 사라진 것이 아니다. 더군다나 독자에게 사인을 할 때마다 긴장하는 나처럼, 타고난 악필인 경우에는 노트북의 개발자에게 감사하기 그지없다. 게다가 탈고할 시점에 출판사와 원고 해독에 불필요한 시간을 낭비하지 않아서 좋고, 수정하기도 용이해서 좋다. 문명은 이렇듯 부족한 이들의 편익을 위해 꾸준히 발전해 왔고, 발전해 갈 것임에 분명하다.

정작 사라져야 할 것들에 대해서 이상하리만큼 집착하는 것도 부조리한 일이다. 남북 정상회담에서 합의한 판문점 선언문의 문구가 무에 그리 특별하거나 별난 것이 없지 않은가. 인지상정이라고 했다.

구체적인 실행 방안에 대해서 별도의 언급이 없었음에도 즉각적으로 대북 방송 장비들을 신속하게 철거했던 당시 정부의 실천에 박수를 보낸 기억이 새롭다. 이는 반세기에 걸쳐 남과 북이 대치하면서 비방을 일삼던 잔재의 소멸을 뜻했기 때문이다. 반신반의하던 국민들조차 북한에서도 대남방송 장비를 즉각 철거한다는 소식을 접하고서야 비로소 안도했다. 남과 북은 이렇듯 서로를 서서히 이해하면서, 한 걸음씩 나아가면 언젠가는 분단이라는 거대한 적폐를 해결할 수 있다. 열강들 틈바구니에서 이념의 노리개로 여태까지 휘둘림을 당해 왔으면 이제는 자주통일의 꿈을 이루어 내야 하는 것은 지극히 당연하다.

해마다 노벨문학상 후보로 거론되던 시인 고은의 〈등대지기〉의 표절은 엉뚱한 계기로 불거졌지만, 우리 모두의 부끄러움인 것을 인정해야 한다. 모든 '잘못'은 인정을 시작으로 바로 잡을 수 있다. 대한민국 교과서에 버젓이 그의 작품으로 실렸던 등대지기는 지금은 중년층들의 향수를 불러일으키는 노래로 이미 알려져 있다. 2010년에 본인의 작품이 아니라고 한 바 있다고 하지만, 시비(詩碑)까지 세워진 〈등대지기〉는 이미 그의 것이었다. 영국 민요에 일본 시인이 쓴 가사를 번역한 것 외에 아무것도 아니라는 의혹은 예전부터 있어 왔다. 그럼에도 그는 소위 의식 있는 민족 작가의 대부(代父)로 행세해 왔다. 이 또한 부끄러운 일이다.

문학 행사나 강연장에서 수차례 마주쳤던 그는 그야말로 방대한 강의 자료와 더불어 열띤 강의로 매번 청중의 관심과 공감을 불러일으켰던 것은 사실이다. 또한 그를 둘러싼 추문들도 오랫동안 끊이질 않았다는 것도 사실이다.

이제 대한민국 문단에 또 하나의 숙제가 남는다. 한 대형 출판사가 대놓고 일본을 지기(知己)로 삼고 조선의 어린 소년들을 일본 결사대로 내몰았던 대일본제국의 등대 미당 서정주 시인의 작품성을 기려 미당문학상을 제정하듯, 그가 노벨문학상 만년 후보였음을 자랑삼으면 될 일인가. 절대 그러해선 안 된다. 문학은 죽음의 문턱에서도 삶의 의지를 밝히는 희망의 등대여야 한다. 부정한 정권과 결탁하여 최고 권력자를 칭송하고 목숨 하나 부지하는 데 급급했던 비굴한 자들이 득세하면 등대는 얼어붙은 달의 그림자를 밝힐 수 없다. 지금 수많은 문학상이 어두운 문학의 밤하늘을 어지럽게 비추고 있다. 등대는 바다를 비춰야만 한다. 사람과 세상에 대한 애정과 번뇌로 방황하는 배들이 바른길로 나아갈 수 있도록 말이다.

인동(忍冬)의 꽃

　　인동초는 약재로 쓰이는 덩굴식물이다. 그 꽃은 금은화 (金銀花)라고 하는데, 이 꽃이 완전히 백색이나 은색일 때 수확하는 것이 가장 약효가 뛰어나다고 전해진다. 혹독한 겨울을 이겨낸 풀, '인동초'라 불리던 사내가 있었다. 폭설 과 한파를 견뎌내고 다시 싹을 피우는 강한 생명력은, 그 의 삶을 대변해 주는 데 부족함이 없다. 그가 바로 대한민 국 15대 대통령 김대중이다. 그가 야당의 총재를 맡았던 시기에 광주민주화운동 묘역에 방문했을 당시 "나는 혹독 했던 정치에서 겨울 동안 강인한 덩굴풀, 인동초를 잊지 않았습니다. 모든 것을 바쳐 한 포기 인동초가 될 것을 약 속합니다."라는 말을 남겼다고 한다.

　　그는 납치, 투옥, 사형선고, 망명을 겪었다. 이는 이겨냈 다기보다는 견뎌냈다는 표현이 적합하다. 대통령 재임 당 시의 과오를 두고 설왕설래가 많았지만, 어느 정권인들 과

오가 없었던가. 정치판에서 절대적인 선과 악은 존재할 수 없다는 것은 상식이다. 하물며 역사 속의 인물들 그 누구도 '실수'와 '실패'를 겪지 않은 예는 드물다. 김대중 전 대통령이 덩굴 그대로의 풀이었다면 그 꽃에 비견할 여인이 이희호 여사였다.

그녀는 이화여대, 서울대를 거쳐 미국 유학까지 다녀온 재원이었다. 게다가 의사 집안이라는 유복한 환경이었으니, 요즘 말로 '엄친딸'이라고 할 수 있겠다. 성 불평등이 상존하던 당시 상황을 고려한다면, 그녀는 분명 신지식인 여성이었다. 그런 그녀가 운명적으로 한 사내를 만났다. 최우수 성적으로 목포상고를 졸업한 것이 학력의 전부였던 그는 자유당이 득세하던 살벌한 시절에 야당에 몸을 담았다. 그리고 정치판에서 전 재산을 탕진했고, 아내와 사별했을 뿐만 아니라 중학생 아들 둘을 둔 홀아비였다. 그런 그와 그런 그녀를 소개한 것은 강원룡 목사였다. 그들을 소개한 강 목사의 용기는 무모해 보였다.

이 시기에 세상 사람들은 여러 가지 잔혹한 일화들로 뒷담을 나누었다. 모든 루머가 사실이건 아니건, 두 사람의

결혼 이후의 삶은 그 자체만으로 충분한 가치가 있다고 볼
수 있다. 역지사지(易地思之)해 보라. 어떤 여성이라도, 그녀
의 삶을 그대로 살아보라고 하면, 과연 살아낼 수 있을지
말이다. 60년대에서 80년대에 이르기까지 암울했던 정치적
인 상황에서 그녀의 동지애가 없었다면, 노벨평화상 수상
자 김대중은 존재할 수 없었다. 그녀를 만나기 전의 김대
중은 야심 찬 한 정치인에 불과했다. 그런 그에게 미국을
비롯한 서구의 정치와 문화를 소개한 것도 그녀였고, 여성
운동의 불씨를 건넨 것도 그녀였다. 물론 정치인 김대중은
아내의 고언(苦言)에 귀 기울일 줄 아는 남편이었음은 다
행한 일이다. 남편이 대통령이 된 이후 사회적 소외계층과
약자들을 청와대로 가장 많이 초대한 영부인도 그녀였다.
노벨평화상 수상을 두고 여러 가지 의구심과 이설들이 꼬
리에 꼬리를 물었지만, 역대 노벨상 수상자 누군들 소문으
로부터 자유로울 수 있을까. 사실관계를 규명하는 것은 역
사가 앞으로 기록해야 할 몫이다.

향년 97세, 흔히 호상(好喪)이라고 일컬을 만한 나이에
이희호 여사는 눈을 감았다. 서울 신촌 세브란스병원에서
2019년 6월 10일 밤 11시 37분이었다. 격동적인 역사의 한

장을 넘기는 순간이었고, 민주화운동의 증인(證人) 한 사람이 떠나는 안타까운 순간이기도 했다. 수많은 진실과 거짓을 품은 채, 역사의 침묵 속으로 영면(永眠)하고 말았다. 여성운동의 대모(代母)였던 그녀의 기구한 삶을 두고 함부로 이야기할 수 있는 자는 없어야 마땅하다. 그런데도 이를 비아냥대고 가볍게 희화화하는 자들이 있다. 유감스러운 일이다. 백 가지를 잘하고도 한 가지의 흠으로 아흔아홉 가지를 나무란다면, 누가 함부로 의로운 일을 도모할 수 있겠는가. 보수진영이나 진보진영이나, 죽음 앞에서 고인을 모욕하는 일은 인간으로서 최소한의 예를 저버리는 일이다.

북한의 김정은 국무위원장이 김여정 제1부부장 편에 보낸 조의문에서 "리희호 녀사가 김대중 전 대통령과 함께 온갖 고난과 풍파를 겪으며 민족의 화해와 단합, 나라의 평화와 통일을 위해 기울인 헌신과 노력은 자주통일과 평화번영의 길로 나아가고 있는 현 북남관계의 흐름에 소중한 밑거름이 되고 있다."고 밝혔다. 그는 "김대중 전 대통령의 부인 리희호 녀사가 서거하였다는 슬픈 소식에 접하여 유가족들에게 심심한 애도와 위로의 뜻을 표한다."라며

"온 겨레는 그에 대하여 영원히 잊지 않을 것"이라고 덧붙였다. 이를 두고 혹자는 두음법칙이 빠진 북한식 표기와 남북이 아닌 북남으로 표기한 것은 잘못이라고 지적했다. 우리나라의 대통령이 '북남'이라고 표현했다면 명백한 잘못이지만, 북한의 통수권자가 '북남'이라고 표현하는 것이 이상한 일인가. 무엇이 문제란 말인가. 원문에 충실하고 진실하게 보도하는 것이, 언론과 방송사의 의무 아닌가.

김대중 전 대통령이 타계한 것은 2009년 8월이다. 노무현 전 대통령이 비명(非命)에 떠난 후 "내 가슴의 절반이 무너졌다."라고 탄식하고 석 달을 넘기지 못하고 떠난 것이다. 그리고 민주인권기념관에서 거행된 6월 민주항쟁 32주년 기념행사를 끝까지 지켜본 후, 그날을 넘기지 못하고 김대중 전 대통령의 영원한 동지였던 그녀는 그렇게 떠났다. 고 이희호 여사는 홀로 견디어 낸 인동(忍冬)의 꽃으로 피어나, 마침내 남북관계가 소원해진 지금, 희망의 불씨를 남기고 그렇게 우리 곁을 떠났다. 삼가 고인의 명복을 빌며, 남북 평화통일의 밑거름으로 남아주길 가슴 깊이 소망한다.

승천(昇天)

저마다 우주의 크기는 다르다. 유아기에는 부모님이 우주다. 그들로부터 생리적인 욕구들을 해결하고 그들로부터 학습되는 것이 전부이니 당연히 그들은 '우주'일 수밖에 없다. 우주의 사전적인 용어부터 살펴보면 무한한 시간과 만물을 포함하고 있는 끝없는 공간의 총체를 일컫는다. 물론 흔히 생각하는 천체(天體)도 우주라고 한다. 내가 어렸을 때 헷갈렸던 것이 '우주인'이다. 외계인과 그렇게도 구분이 어려웠으니 말이다. 하지만, 결과적으로는 같은 의미였다. 우리가 지구를 벗어나면 우주인이고 다른 별의 생명체가 보면 우린 외계인이니까 말이다. 아래의 작품은 구슬을 통해 가졌던 유년기의 우주를 어른이 되면서 잃어가는 과정을 노래하고 있다.

구슬, 어릴 적엔 구슬이 용의 눈깔을 빼놓은 것 같다는 생각을 자주 했지요. 무엇이 그런 생각을 갖게 했는지는 기억이 안 나지만, 붉게 휘말린 선과 푸른 선이 엉킨 구슬 안을 들여다보면 영락없이 꿈틀대는 용 한 마리//구슬 따먹기에는 관심도 없었지요. 여기저기 비늘이 뜯긴 많은 구슬이 필요하지 않았으니까요.// 동네 너른 마당, 한편에서 생선들을 품었을 비린 나무 상자들이 늘 쌓여있고, 어른들은 땔감으로 늘 그것들을 부수어 불을 지폈지요. 폐유 드럼통이 열기에 녹아 찌그러져 가면 꼬맹이들은 숯을 끄집어내서 통조림 깡통 여기저기 숨통을 뚫어 별들을 가두어 빙글빙글, 가끔 여기저기 떨어져 빛을 잃어가는 별//구슬을 통해 바라보는 세상은 지금까지 어지럽게 돌아가는 별들과 비린내 나는 연기로 흐리기만 하지요. 누군가는 열심히 불을 지피고 누군가는 그 불이 잦아지길 기다렸다가 작은 불을 돌리고 그러다가 불씨들을 놓치는 세상//구슬을 놓쳐 버렸습니다. 또르르 구르다 멈춰 선 구슬. 불꽃을 가르고 비린 용 한 마리 하늘로 오르려나 봅니다.

〈승천(昇天)〉 전문

흔히 일본을 두고 가깝고도 먼 이웃이라고 표현한다. 물론 틀린 말은 아니다. 과연 일본도 우리를 그렇게 느끼고 있을까. 그렇지 않을 것 같다. 극단적으로 표현하면, 그들에게 우리나라는 사냥감의 뼈에서 살코기를 발라내고 부위별로 친일과 반일로 구분하는 것은 물론이고 뇌 속의 민족의식까지 개조하려 들다가 놓쳐 버린 '아쉬운 먹잇감'에 불과할 수도 있다. 욱일승천기(旭日昇天旗), 물론 이는 잘못된 표현이다. 승천(昇天)이 빠져야 맞는 말이다. 일본에서도 쓰지 않는 거창한 표현을 수십 년간 사용해 온 대한민국은 지금이라도 욱일기(旭日旗)가 수많은 살육의 상징으로 쓰여 왔음을 잊어선 안 된다. 남과 북이 하나 된 깃발을 공식적으로 못 쓰면 전 국민이 촛불처럼 들고일어나 한마음으로 하나 되면 그뿐이다.

세계 평화와 경제 논리로 일본 정부의 주장에 편승하거나 과거 친일의 행적들을 미화하려는 일부 친일파의 후손들 못지않은 지식인들에게 감히 물어보고 싶다. 대한민국은 언제까지 주변국들에 의해 좌지우지되는 외교에 의존할 것이며, 그렇게 해서 얻는 것들은 얼마나 가치 있는 것들인지 말이다. 우리는 지금부터라도 후손들에게 부끄럽지 않게, 스스로 키운 힘으로 한반도의 잘린 허리를 잇고, 용이 되어 승천(昇天)할 채비를 해야 하지 않을까.

천재(天災)의 교훈

'열 손가락 깨물어서 아프지 않은 손가락이 없다.'고 한
다. 일반적인 부모의 마음을 표현하기에 이만한 비유도 없
다 싶겠지만, 덜 아픈 손가락도 있게 마련이다. 자녀가 둘
이상만 되어도 유산을 둘러싼 분쟁이 비일비재한데, 이는
단순히 재산을 더 갖고자 하는 욕심으로만 비쳐서는 곤란
하다. 유산의 분배 정도가 부모님의 자신에 대한 사랑의
정도라고 보는 마음도 무시할 수는 없기 때문이다. 양육할
때는 첫째에게 엄하고 둘째에게 관대하던 부모님도 막상
재정적인 지원이 첫째에게 관대한 경우가 대부분이다.

자연스러운 '장남 우선, 차남 차선'의 질서가 워낙 오래
전부터 이루어진 관습인데, 거슬러 올라가 보면 조선시대
유교 사상을 바탕으로 한다. 제사를 모셔야 하니 당연히
더 많은 재산을 보유하고 있어야 위엄이 선다는 단순한 사
유가 전통이 되어 버린 것이다. 첫째는 어릴 때부터 맏이로

서의 부담을 안고 자라서 유년의 기억이 온통 엄하고 모진 아버지에 대한 원망이니, 많은 유산을 받아도 고마움을 모르고, 둘째는 똑같은 손가락에 대한 믿음이 유산의 분배에서 깨져 버리고 고인을 원망하게 된다는 것은 안타까운 대목이다. 다자녀의 부모가 될 수 있는 첫 번째 덕목은 열 손가락 모두 아플 준비가 되어있어야 한다는 것이다. 사회구성원의 최소 단위인 가정에서부터 평등이 기반이 되어야 공정사회를 이룰 수 있지 않을까.

한때 지진은 그야말로 일본에서 자주 일어나던, 우리와는 무관한 재해라고 여겼다. 좀 더 솔직하게 고백하자면 일본의 호전적인 국민성과 절대적인 야욕으로 인해 천벌을 받고 있다고 믿었다. 다소 무리한 억지일 수는 있지만, 주변국들의 선혈(鮮血)로 수혈한 욱일기가 핏발 선 모기의 눈알처럼 보여 다소 거북하던 차에 타국의 지진 소식은 오히려 반가움이었다. 그랬던 지진이 최근 들어 경주를 비롯해서 국내에서 빈번하게 발생되고 보니, 그들의 이른 내진설계와 지진에 대한 위기의식이 부럽기 그지없음이 민망할 따름이다.

천재지변이라고 하면 가장 먼저 떠오르는 장면은 고대 로마의 폼페이(Pompeii)의 화산폭발로 동굴 속에서 부둥켜 안은 채 화석이 되어 버린 남녀의 모습이다. 이들의 사랑은 마지막 순간에도 함께할 수 있어서 다행이라는 생각과 하필이면 사랑의 순간이 마지막으로 남겨지게 되었는지에 대한 안타까움이 교차했다. 남녀의 사랑에 못지않은 것이 자녀에 대한 부모의 사랑이다. 내리사랑은 있어도 치사랑은 없다고 하지 않던가.

2018년도 대학수학능력시험이 포항의 강진으로 인해 연기되어서 지난 11월 23일 치러졌다. 수능이 1993년에 처음으로 도입된 이래, 예정일이 변경된 것은 그때가 세 번째인 셈이다. 2005년 부산에서 열린 아시아태평양경제공동체(APEC)정상회의, 2010년 G20 정상회의로 입시가 연기된 적은 있지만, 모두 9개월 전부터 수험생들에게 고지되어 별다른 혼란은 없었다. 이때처럼 갑작스러운 천재지변으로 인해 단기간에 연기되어 치러진 것은 처음이었다.

수능에 사활을 걸다시피 하는 우리나라 입시 현실로 미루어 보았을 때 엄청난 혼란과 마찰이 일어날 것으로 예상

했었다. 하지만 수험생과 학부모의 반응은 의외였다. 어쩌면 지극히 당연한 일인데도, 새삼스러운 본질을 깨달은 경우라고 표현하는 것이 맞겠다. 수험생은 어차피 치러야 하는 시험이라면 어서 끝내고 싶은 마음일 수도 있지만, 학부모는 연기된 시험 당일인 23일에는 시험이 끝나는 오랜 시간 동안 고사장을 떠나지 않고 기다리는 모습이 예전과는 크게 달라 보였다. 지진이 일어날지도 모르는 상황에서 자녀의 성적이 아니라 안전에 대한 관심, 그것은 '부모의 마음'이었다. 끝까지 함께하겠다는 가족의 마음이었다.

나에게도 하나밖에 없는 아들이 있다. 여러 가지 사정으로 더 많은 자녀를 가질 수도 없었지만, 생명은 그야말로 기적과 같은 것임은 두말할 나위도 없다. 아이가 태어나던 1997년 11월 23일 아침에 얼마나 울었는지 모른다. 기쁨만은 아닌, 그렇다고 슬픔은 더욱 아닌 벅찬 그 감정은 이루 말로 표현할 수가 없었다. 내리사랑은 그리 시작된 셈이었다. 당시 우여곡절 끝에 힘든 시험을 치르느라 수고한 수험생과 자녀를 위해 기도했던 수많은 학부모 여러분들에게 부족하지만, 졸시 한 편으로나마 위로를 전한다.

그 해 늦가을에 내려 온 너의 심장이 여러 가지 의미로 우리에게 다가왔지/자판기에서 뽑아 든 커피를 마시다가 혹시 그 사이에 네가 찾아올까 봐 병실 옆 비상계단을 수도 없이 오르내리고/약속 따위로 정해진 시간도 아니었는데 너와 몇 시에 만나기로 한 양 손목시계를 몇 번이나 들여다보고/수많은 산모들이 누워 있던 그 병실에서 유독 너만을 세상이 제대로 기다리고 있으리란 실없는 기대감과 힘들어하는 엄마의 지친 얼굴과 그리고/그 곁에서 딸의 고통을 함께하는 할머니와 아무것도 할 수 없는 나는 시간이 지나면 지날수록/혹시 아비가 부족해서 이렇듯 힘든 시간을 보내게 하는가 하는 안타까운 생각들과 기다리고 또 기다리며 어떠한 시간에도 속해있지 않고 어떠한 공간에도 머무르지 않은 것처럼//떨어지는 낙엽이 스스럼없이 대지에 내려앉듯 그렇게, 그렇게 넌 내 품에 안기고//기억하니 아들아 아비는 그제야 사람다운 눈물과 다른 모든 아이들의 순결함을 깨달았다고/조용히 네게 얘기하던 날 그날 아침을 혹시 기억하니

〈아들에게〉 전문, 《내가 부르는 남들의 노래》,
월간문학, 2010

염치(廉恥)의 불구(不具)

　체면은 남들을 대할 때 떳떳한 마음이나 얼굴(面)을 뜻한다. 자신에게 당당한 이는 의외로 흔하지 않다. '체면치레'가 늘어나게 된 것도 그 때문이다. '치레'는 겉을 꾸미는 행위에 쓰이는 접미사다. 인사치레는 형식적이고 건성으로 하는 인사를 말한다. 이렇듯 '체면'이라는 좋은 뜻에 '치레'라는 접사가 더해져 형편없는 단어가 된 것이다. 사람도 마찬가지다. 아무리 청렴결백한 사람이라 할지라도 그의 지인이 그릇된 행동을 하면, 그 또한 그로부터 자유로워질 수가 없다. 그래서 전업 정치인들은 '사람'을 잘 만나야 하고, 결별하더라도 그 끝이 공정하고 명명백백해야 한다. 정의로운 정치를 선언하고 이를 잘 실행하고 있다고 믿었던 정치인이, 과거의 부정한 일로 인해서 곤욕을 치르는가 하면, 과거에 야당 인사로 존경을 받던 이가 변절하여 부정청탁으로 낙마하는 일도 있었다. 모두 유감스럽고 안타까운 일이다.

흔히 사리(事理)나 인간으로서 도리를 경우(境遇)라고 한다. 그런 '경우'가 없는 사람들이 너무 많다. 식당에서 침을 바닥에 뱉는 건 기본이고, 고성으로 욕설과 비속어로 대화하는 사람도 많다. 다들 얼굴을 찌푸리지만, 굳이 시비를 가릴 가치를 느끼지 못한다. '경우' 없는 사람들의 특징 중, 가장 두드러지는 것은 사과할 줄 모른다는 점이다. 바꿔 말하면 반성할 생각이 전혀 없다는 의미도 된다. 진심으로 반성하지 않는데 사과할 이유가 없지 않은가. 무엇이 잘못되었는지 정말 몰라서 그런 건지 궁금한 적도 있었지만, 지금은 너무나 그 이유를 잘 알고 있다.

잘못된 언행임을 몰라서가 아니라, 알면서도 단지 '내'가 한 일이기 때문에 반성하기 싫을 뿐이다. 그래서 끝까지 우겨댈 수밖에 없다. 이겨서 좋을 것 하나 없는 싸움을 멈추지 않는 것도 진부(陳腐)한 일이다. 정치판에서 소모전을 벌이는 것도 어떻게 보면 '경우' 없는 정치꾼들이 많은 탓이다. 그뿐인가. 염치(廉恥)없는 정치인들도 부지기수다. 염치가 무엇인가. 체면을 차릴 줄 아는 부끄러운 마음이다. 부끄러움이 없다. 국민을 기만하는 것쯤은 아무렇지도 않게 여긴다.

그들이 체면치레조차도 하지 않는 인면수심(人面獸心)을 가질 수 있는 이유는 그들의 '무리'들이 묘한 공감대를 형성하고 있기 때문이다. 그래서 대한민국 국회를 일컬어 '패거리 정치꾼'들의 성지로 비하되고 있다는 것을, 그들조차 모르고 있지 않다는 것이 문제다. 오히려 면책특권을 한껏 누리며 서로가 하나 되는 묘한 결집력을 가지는 철(鐵)의 얼굴들을, 우리 손으로 선택한 것이니 이 또한 누구를 원망할 수는 없는 일이다.

어떤 일을 부탁하거나, 어쩔 수 없이 말을 꺼내야만 할 때 '염치(廉恥) 불고(不顧)하고~'라고 운을 떼는 것이 일반적이다. '염치 불구하고'라고 잘못 쓰는 사례들도 있는데, 불고(不顧)가 맞다. '불고'는 돌아보지 않는다는 뜻이다. 염치를 돌아볼 여유도 없을 만큼 절박한 상황일 때 쓰는 표현이다. 그런데 염치가 불구(不具)한 사람들의 경우를 보면, 불구도 영 틀린 말은 아니겠다는 생각도 든다. 가령 아는 사람이 식당을 개업했다고 해서 찾아가는 것까지는 좋다. 그런데, 동행한 사람이 민망할 정도로 공짜로 서비스를 끊임없이 요구하는 것은 염치가 없는 행위가 분명하다. 차라리 그런 인사치례를 할 거면 그런 사람은 그 식당에 가지 않는 것이 오히려 도움이 된다.

그런 사람들이 어쩌다 아는 '유명인'들은 한순간에 그의 수하(手下)에 들어간다. "○○○를 내가 잘 아는데, 걔가~"로 시작하는 너스레를 늘어놓는다. 처음에는 익숙한 연예인이나 정치인 등의 이름에 호기심을 가졌던 청자(聽者)들도 어느 순간 의구심을 갖게 한다. 어떤 위치에 있건 인지도가 높은 사람들의 경우에는 대부분 각고의 노력을 해서 그 자리에까지 올랐을 사람들이다. 그런 사람들을 설사 본인이 잘 알고 지내더라도 함부로 폄훼하거나, 본인의 말한마디에 좌지우지될 대상처럼 표현하는 것은 '경우'가 없는 일이다. 잘 아는 사람일수록 그를 위해서 말 한마디라도 신중해져야 하는 것이 '도리'다.

가을은 독서의 계절이다. 요즘 책을 보지 않는다고는 하나, 사계절을 기준으로 그나마 가을은 다른 계절에 비해 독서량이 높은 건 사실이다. 얼마 전 기사에도 몇몇 작가들의 시집이 꾸준히 독자들의 사랑을 받고 있다고 전한다. 바람직한 현상이다. 독서를 하는 것은, 사색할 시간을 따로 갖기 힘든 바쁜 현대인들에게는 비타민을 섭취하는 것만큼이나 중요한 일이다. 독서를 통해서 경우와 염치를 갖추고, 사람이 사람에게 대하는 기본적인 예의라는 것이 어떤 것인지 느껴 보아야 한다.

언제부터인가 TV에 나오는 오락프로그램에 자막이 부쩍 늘었다. 생각할 틈을 주지 않는다. 과거에는 TV를 여럿이 함께 보다가, 이들 중 하나가 우스갯소리를 하면 모두가 박장대소할 수 있었다. 나 홀로 가정이 늘어나면서 독신의 연예인들이 홀로 살아가는 모습을 담은 〈나 혼자 산다〉라는 프로그램이 인기를 끌고 있다. 그들도 일반인들의 삶과 크게 다르지 않다고 느끼는 것은, 그들조차 혼잣말을 자주 하는 모습을 보여줬기 때문이다. TV 화면 속의 그들이 혼자 TV를 보면서 갑자기 침묵한다. 형형색색의 자막이 혼잣말조차 대신하는 시대에 살고 있음을 보여주는 장면이었다. 비혼주의자들이 늘어나면서 대화할 대상과 기회가 점점 줄어드는 것은 위기의식을 가져야 하지 않을까. 노랗게 물든 은행나무 아래 벤치에 앉아서, 시집 한 권을 펼치면 한 줌의 바람과도 교감할 수 있다. 그러다 보면 겨울이 찾아와도 누군가와 함께라면 두렵지 않을 수 있음도 깨달을 수 있다. 더불어 살아가면 혹독한 추위라 할지라도 '따위'에 불과한 것임을 알 수 있는 것은 덤이다.

'치레'를 걷어내고 이제는 염치를 돌아봐야 할 여유를 가져

야 하지 않을까.

다변(多變)의 반의어(反意語)

의사소통의 방법은 다양해졌는데, 오히려 불통(不通)하는 경우는 예전보다 훨씬 많아졌다. 매 순간 선택해야 할 일들은 많은데, 신속하게 판단하고 결정을 내리지 않으면 무산되고 만다. 휴대폰을 켜놓은 상태에서, 뭔가를 누르지 않으면 액정화면은 금방 꺼져버리고 만다. '별 볼 일 없으면 꺼!'라는 식이다. 물론 오랜 시간 꺼지지 않게 하는 기능도 있지만, 이는 기계의 수명을 단축하기 때문에 함부로 설정할 수도 없다.

가정 내에서도 이런 경우가 많다. 아버지가 퇴근해서 아이 방문을 열면 아이는 '왜요?'라고 묻는다. '그냥'이라는 개념이 사라져 간다. 그냥 아이가 보고 싶어서 방문을 열었던 아버지는 보고 싶었다고 말하기도 머쓱해져 문을 닫아주고 돌아선다. 등 뒤에는 '상식(?)'을 몰랐던 남편을 바라보며 혀를 차는 아내가 서 있다. 이미 그녀가 수차례 당했던 일이기 때문에 남편의 허무함을 공감하면서 말이다. '볼일'도 없이 아이를 찾는 건 말도 안 되는 세상이 되어버렸다.

아기가 태어나면, 울음을 통해서 자신의 존재를 세상에 알린다. 소리를 통한 첫 번째 의사 표현이다. 그리고 주위의 소리를 듣고, 눈을 떠 시각적인 학습을 하게 된다. '엄마'를 부르며 의사소통을 시도하고, 그러다가 점점 다양한 '관계'를 맺으며 성장을 한다. 요구에 대한 일방적인 수용으로부터, 때론 부모로부터 요구를 거부당하기도 하며 '협상'을 하게 되는 능력을 키우는 것도, 관계를 형성하는 일련의 과정이라고 볼 수 있다.

처음에는 '먹을 것'만 요구하니 받아들여지기 쉬우나, 점점 '하고 싶은 것'이 많아지면서 부당한 요구도 하게 된다. 이 대목이 중요하다. 이 부당한 요구를 부모가 어떻게 받아들이는가에 따라서, 아이의 가치관 형성에 지대한 영향을 미치기 때문이다. 그 후, 학교에 가면 문자를 통한 의사소통을 익히게 된다. 받아쓰기를 통해서 정확한 맞춤법을 익히고, 유의어와 반의어를 배운다. 비슷한 의미의 단어를 묶어서 학습하기도 하고, 반대되는 단어들을 숙지하면서 구체적인 소통을 한다. 흔히 반의어(反意語)는 '반대말'이라고도 부른다.

남자와 여자는 서로 반대말이다. 낮의 반대말은 밤이고, 소년과 소녀 또한 서로가 상반되는 반의어라고 배웠다. 이런 이원적(二元的)인 구조의 이해는 상당히 위험하지 않을 수 없다. 반대라는 말은 상반되는 개념이다. 물론 다양한 형태의 더 많은 단어를 익히는 데는 이만한 효과적인 학습 방법도 없다. 연관학습 방식을 통해서 하나의 단어를 맞대어서 이해하면 두 배의 효과를 기대할 수도 있기 때문이다. 하지만 올바른 방법이 아닐 수도 있다. 대치하는 개념으로 자리 잡을 수도 있기 때문이다.

대치(對峙)한다는 것은 서로를 적으로 인식할 때 쓰는 표현이다. 남자와 여자는 적이 아니라 함께 어우러져야 할 이성(異性)일 뿐이다. 어느 한쪽의 존재만으로는 의미가 없다. 마찬가지로 밤과 낮은 규칙을 통해 질서를 유지하는 자연현상이다. 반대의 개념이 아니라 공존의 개념이어야 한다. 반대말 또는 반의라는 이원적인 사고가 자리 잡으면, 어른이 되어 공생의 개념을 잠식하고, 뜻이 다르면 적으로 간주하는 우(愚)를 범할 수 있다.

세상은 하루가 다르게 급변한다. 다변화(多變化)하는 국제정세에 신속하게 대처하는 것도 중요하지만, 그보다 더 중요한 것은 올바르게 대처하는 것이다. 정답의 반대말은 오답이다. 그럼 정답은 하나일까? 다양한 형태의 정답들에 대해서 반의어는 무엇이라고 부를 수 있는지 궁금하다. 이런 식이면 다양한 형태의 오답이라고 하는 건 있을 수 없다. 여당의 반대말은 야당이어야 하는가. 반대말이라는 말 자체가 사라져야 한다. 다원적(多元的)인 사고를 가져야 다양한 이해를 할 수 있고, 이에 대한 의사소통의 전부를 기대해 볼 수도 있다. 불통은 생명의 위협이다. 혈류를 막으면 죽음에 이를 수밖에 없다. 인류의 혈류는 의사소통이라고 볼 수 있다.

무위도식(無爲徒食)이란 말이 있다. 하는 일 없이 '빈둥빈둥' 놀고먹는 사람을 일컬을 때 흔히 썼던 표현이다. '썼던' 이라고 과거형으로 쓰는 이유는, 요즘은 거의 쓰이지 않기 때문이다. 한자어이기도 하지만, 무위도식하는 이가 드문

이유가 더 크다. 하물며 노숙자조차 끊임없이 자리를 옮겨 다녀야만 생존할 수 있는 세상이다. 무위(無爲)하면 도식(徒食)할 수가 없다. 몽상을 즐기는 내가 살아가기에는 힘겨운 세상임에는 분명하다. 사람들이 관용을 베풀 여유도 없다.

　내가 어렸을 적에는 멍하게 하늘을 바라보는 걸 좋아했다. 어머니가 '뭐해?'라고 물어도 매번 대답은 '그냥'이었지만, 이를 두고 탓한 적이 없으셨다. 그럴 수 있다고 이해해 주셨기 때문이라고 아직도 믿고 있다. 어머니도 걸레질을 하다가 가끔, 그냥 하늘을 바라보기도 했던 까닭이었으리라. 믿기 어렵겠지만, 요즘 하늘을 우러러보는 이가 드물다. 기상청에서 대신 살펴봐 주고, 매시간 친절하게 날씨를 예보해 주기 때문이다. 다행히 아직 하늘은 땅의 반의어가 아니다. 하늘과 땅의 조화로부터 '사람'이 점점 멀어져 가고 있다는 것은 아무래도 슬픈 일이다.

유토피아의 두레박

영국의 인문주의자 토머스 모어(Thomas More)가 1516년에 《최선의 국가 형태와 새로운 섬 유토피아에 관하여》라는 책을 발표하면서 '유토피아(Utopia)'가 세간에 알려지게 되었는데, 원래 그리스어의 '없는(ou-)', '장소(toppos)'라는 두 말을 결합하여 만든 용어인 동시에 '좋은(eu-)', '장소'라는 뜻을 복합적으로 나타내는 의미로 쓰였다고 한다.

요즘 현대인들이 인문학에 많은 관심을 보인다. 그 배경에는 바쁜 일상에 지친 '얼리 힐링(early healing)족'의 등장과 무관하지 않은 것 같다. 1960년대 전후 복구사업을 비롯해 새마을운동에 앞장서 왔다는 노년층이 젊은이들을 바라보는 요즘의 시선이 곱지 않다. '사지 멀쩡한 놈'이 노는 꼴이 달갑지 않은 탓이다. 대한민국의 경제성장과 더불어 국제적 위상이 높아진 것은 그들만의 노력의 결과라고 착각하는 노인들이 많아졌다. 더불어 이에 자의건 타의

건 수혜를 입은 40~50대의 장년층들조차 편승해 지금의 20~30대의 젊은이들을 닦달하는 모양새가 보기 좋지만은 않다.

물론 '한강의 기적'을 일군 근면, 자조, 협동의 사명을 띤 당시의 젊은이들은 새벽종이 울리기가 무섭게 전국 방방곡곡으로 흩어져 초가집도 없애고 마을길도 넓히는 사업에 밤잠을 잊은 채 살인적인 노동력을 제공했고, 그 과정에서 정치적인 오류들조차 암묵적으로 이해하는 다양한 경제적 가치는 추후 국가 재건의 기반이 되었음을 부인할 수는 없다. 그렇다고 해서 지금의 젊은이들이 가진 무한한 가능성과 능력들을 배제하고, 잉여 인력처럼 평가하는 것은 불편한 시선이 아닐 수 없다.

얼마 전에 본 영화 〈주토피아(Zootopia)〉는 약육강식의 원칙(?)을 깨고 맹수들과 초식동물들이 함께 더불어 살아가는 그야말로 동물들의 이상적인 도시를 일컫는데, 영화를 보는 내내 어느 한 장면 버릴 것이 없을 만큼 크게 공감했다. 포유류 차량국에 근무하는 나무늘보가 느릿느릿 답답하게 민원을 해결하는 모습을 보며 한 번쯤 민원실에서 경험해 봤던 경험이 떠올라 미소를 머금을 수 있었던 영화였다. 이 영화는 온갖 권모술수로 불법 상행위를 자행해서 부를 축적해 오던 여우 닉 와일드가 주인공 토끼 주디 홉스를 만나 동물들의 연쇄 실종 사건을 해결하기 위해 정보원으로 활약하며 마침내 개과천선하는 모습들이 그려진 해피엔딩의 줄거리를 담고 있다.

그런데 여기에서 조금만 더 진지하게 들여다보면 지금 이 땅을 살아가고 있는 인간군상과 크게 다를 바 없다. 그래서 영화가 시작되자마자 나약한 초식동물이자 암컷이라는 최악의 조건을 가진 우리의 주인공 토끼 주디의 꿈이 좌절되는 장면들을 보면서 함께 좌절하는 '나'를 보았고, 전 연령이 관람할 수 있는 영화답게 결말이 권선징악을 기반으로 할 것이라고 예상은 하고 있었지만, 보는 내내 우울할 수밖에 없었다. 비록 가상의 영화였지만 토끼는 다른 포유류보다 몇 배의 노력과 좌절을 겪어야 했고, 하물며 낙향까지 해서 부모님을 도와 당근 농사를 짓는 과정도 곁들였다. 물론 이 모든 과정은 화려하고 감동적인 피날레를 위한 감독의 배려였을지는 모르겠으나 지금 우리가 살아가는 모습과 너무나 닮아있지 않은가. 그럼 이곳이 유토피아와 다를 바 없다는 이야기가 되는데 이보다 더한 억지가 어디 있을까.

주디는 우수한 성적으로 경찰학교를 졸업하고 주토피아 경찰서에 배정받는다. 하지만 그녀에게 주어진 임무는 주토피아의 귀엽고 예쁜 주정차 단속원을 가장한 상징적인 도시의 마스코트였다. 영화가 끝나고 나오는데 가시가 목에 걸린 것처럼 따끔거리는 장면이 그대로 남아있었다.

처음으로 주디가 주토피아 경찰서에 부임하던 날 용맹성과는 거리가 먼 뚱보 치타 클로하우저와 인사를 나누는 장면이 그것인데, 치타가 먼저 놀라서 말을 건넨다. "진짜 토끼를 채용했네. 말도 안 돼!" 그리고 한결 누그러진 목소리로 "생각했던 것보다 훨씬 귀엽네."라고 말한다. 그러자 토끼가 다소 주눅 든 모습으로 용기를 내서 "토끼끼리 서로 귀엽다고 하는 건 괜찮지만, 다른 동물이 그러는 건 실례가 아닐까?"라고 일침을 가한다. 중요한 건 다음 장면이다. 치타는 당황하며 "정말 미안해. 난 벤자민 클로하우저야."라고 진심으로 사과하고 통성명한다. 〈주토피아〉가 개봉한 후 흥행에 성공하면서 캐릭터들의 피규어를 비롯한 액세서리들이 날개 돋친 듯 팔려나갔는데, 그중에서 주인공 못지않게 인기를 누리는 캐릭터가 단역에 가까운 조역 치타 벤자민이라고 한다. 비록 초면에 실례를 범했지만, 사과하는 그 장면이 진심으로 받아들여졌기 때문이 아닐까.

지금 대한민국의 수뇌부들이 흔들리는 걸 모르는 국민은 없다. 각 당의 수뇌부들이 정당하지 못했던 과거의 행적이나, 친인척들의 부정을 해명하느라 여념이 없다. 그들은 누구에게나 어느 곳에서나 손쉽게 실례를 반복하고 동냥치 대하듯 피해자에게 수모를 주는 사과문을 발표하고 이를 받아들이지 않으면 오히려 위해를 가하는 적반하장의 돌이킬 수 없는 실수를 일삼는 '갑'이 되어 국민들의 혈세를 탕진하고 충정을 유린하고 있다.

비록 영화지만 동물들이 살아가는 주토피아도 자정활동을 멈추지 않는데, 우리들이 만들어 가야 할 유토피아에서는 얼마나 노력해야 할까. 부정한 '갑'은 사과하기 전에 선행해야 할 마음이 자기반성임은 두말할 것도 없다. 반성이 제대로 이루어지지 않으면 유사한 행보를 멈출 수가 없다. 그럴 수도 있다는 사고로 무리를 이끌고, 그들이 한마음 한뜻으로 대한민국의 지도자가 된다면, 우리들이 어느 방향으로 나아갈지는 불 보듯 뻔하지 않은가. 우리들의 마음을 담은 우물에서 두레박을 던져 올린 첫물은 '과거에 대한 반성'이어야 한다.

사이비 아카데미의 근절(根絶)

고대 그리스의 철학자이자 소크라테스의 제자로 잘 알려진 플라톤은, 40세기경 아테네 교외의 아카데메이아(Acadēmeia)에서 학교를 열었다. 요즘, 학원이나 학술원을 상징하는 아카데미의 어원이 되기도 한다.

최근 들어, 지역 문화를 선도하는 지도자를 양성하는 모임들이 부쩍 많아졌다. 정치적인 모임도 있고, 회원 간의 공생 공존의 목적을 띤 모임들도 많다. 익히 알고 있던 지역 모임들은 물론이고, 이들과 대동소이한 아카데미 형태의 모임도 많아졌다. 언론이나 방송사에서도 자회사 형태로 센터를 운영하는 경우도 많다. 그도 그럴 것이, 온라인 형태의 뉴스를 접하는 것이 자연스러워지면서, 종이신문 구독자의 수가 급감하니 생존을 위한 자구책이 필요하기도 했으리라. 대개 학기제로 운영하며, 매주 1회 정도 모여서, 명사들을 초청해 한두 시간 남짓 강연하는 형태로 운

영되고 있는 것이 일반적이다.

　놀라운 것은 연간 수강료가 수십에서 수백만 원에 이른다는 점이다. 더욱 놀라운 것은 그런데도 수십 명의 수강생이 학기별로 모집이 되고 있다는 것이다. 과연 어떤 사람들이 이런 고액의 모임에 참석하는지 살펴보면 그들의 속내가 들여다보인다. 각종 영업을 목적으로 들어오거나, 인맥을 구축하기 위한 사람들이 대부분으로 구성되어 있다. 영향력 있는 인사가 등록하면 비공식적으로 '장학금 제도'까지 도입해 회비 내지 수강료를 면제해 준다. 이런 경우에는 등록비가 무료인 대신 '미끼'와 '얼굴마담'의 역할에 충실해야 한다. ○○에 근무하고 있는 ○○○도 다녔다는 식의 홍보를 통해서 모집하고 있기 때문이다.

　○○문화원이라는 단체의 회원들과 우연히 동석하게 되었다. 그중 한 사람이 눈에 띄었는데, 나는 처음부터 그의 무례함이 마음에 들지 않았다. 초면의 사람에게 함부로 반말하는 것도 마음에 들지 않았지만, 무엇보다 쉴 새 없이 떠드는 그의 입담이 마음에 들지 않았다. 대개 말이 많은 사람들의 가벼움은 자신의 콤플렉스를 가리거나, 타인

을 속이기 위한 것임을 많이 봐왔기 때문이리라. "난 십 년에 한 번씩 개명할 생각이야. 얼마나 멋지겠어? 다른 이름으로 살아가면, 다른 인생을 살아가는 것 같잖아." 담배를 물며 50대 초반의 그가 말했다. 그의 목에는 화려하고 굵은 금목걸이가 대롱거리고 있었다. 80년대 우리 사회에서, 악의 축으로 손꼽히던 고금리 사채업자들이 즐겨 들던, 까만 손가방을 옆구리에 낀 그는 자신에 찬 목소리로 말했다. 그러자 다른 회원이 "이상한 이름도 아닌데, 번거롭게 왜 바꾸나"하고 묻자, 그는 "번거로울 것 하나도 없고, 이름을 십 년에 한 번 정도 바꾸면서 살고 싶다."라고 했다.

구체적인 이유는 밝히지 않았지만, 뭔가 불안정해 보였고 믿음이 가지 않았다. 술자리였던 터라 술이 몇 순배 돌자 다들 불콰해진 얼굴로 언성들이 조금씩 높아져 가고 있었다. 어서 자리를 끝내고 싶던 차에, 그가 느닷없이 한 여성과 나를 엮어서 '불온한 관계'라고 표현하는 것이 아닌가. 너무나 황당하고 어이없어서 항의했더니, 다짜고짜 폭언과 협박을 남기고 먼저 나가 버렸다. 그의 뒷모습을 보면서, '저런 인격을 가진 사람이라면, 아마도 이름을 자주 바꿔야 할 수도 있겠구나.'라는 생각이 들었다.

대학마다 평생교육원이나 최고경영자과정 등을 개설하는 경우도 많다. 유명 대학의 경우, 그 과정을 수료한 이들끼리 유명 대학의 이름을 들먹거리며 자긍심이 대단한 경우를 많이 본다. 그뿐만 아니라 아카데미나 문화원을 표방한 친목 단체들도 사회에 이롭지 않은 영향을 주는 경우도 흔히 볼 수 있다. 일주일에 한 번 개설되는 강의 시간에도 제대로 참석하는 이는 찾아보기 드물다.

그들은 입학식과 졸업식도 어지간한 대학의 학위 수여식보다 거창하게 치르지만, 과연 그들이 '무엇'을 학습하고 이 사회에 건전한 '무엇'을 기여할 수 있는가 하는 데는 의구심이 든다. 그들에게는 1교시(초빙강사들의 강의를 듣는 시간)보다 2교시(식사 자리, 술자리)가 더 중요해 보이기 때문이다. 1교시에 참석하지 않은 이들도 2교시에는 꽤 많이 참석하니 말이다. 누군가는 "이곳에서 남는 건 행사 사진과 명함밖에 없더라."라고 귀띔한다.

각계각층의 지도층이라 할 수 있는 이들이 모여서, 그들의 친목을 다지겠다는데 이를 탓할 수는 없다. 다만, 비싼 수업료를 지불하고도, 정작 수업에는 관심도 없고, 그들끼리 고급 술집이나 전전하면서, 허세를 부리는 것을 바라보는 시민들의 정신건강에는 미세먼지보다 더 해로운 영향을 줄 수도 있다는 것이 안타까울 뿐이다.

어떤 형태로든 아카데미라는 이름으로 모인 단체라면 '배움과 나눔의 산실'이어야 한다. 적어도 거기에 부합하는 노력은 해 주어야 한다. 최소한 온 국민이 함께 행복을 나눠 가질 수 있는 공간에서, 이를 나눌 수 있을 만한 인격의 소유자들이 모여야 한다. 기왕이면 그들의 지혜를 모아 긍정적인 에너지를 발산하며 지역사회의 발전, 나아가 국가 발전에 이바지할 수 있는 모임이 될 수 있다면 더할 나위 없이 좋은 일 아니겠는가.

여러 모임이나 단체들이 오랜 전통만을 자랑할 것이 아니라, 그 오랜 기간 무엇을 해왔는가를 돌아보아야 할 시점이다. 도심 한복판에 교통 요충지마다 거대한 돌덩어리에 단체명을 새기고 '봉사'를 표방하는 것이 능사는 아니라는 소리다. 봉사는 새기는 것이 아니라 행동하는 것이다. 수백만 원을 들여 바위 하나를 들어 올릴 것이 아니라, 한 사람이라도 그들에게 감사와 존경을 표할 수 있는 사회의

수호천사로 거듭나 주길 바라는 마음이 절실하다. 그것이
진정한 아카데미가 아니겠는가.

보신(補身)의 해(解)

우리 집 강아지는 복슬강아지/어머니가 빨래 가면 멍멍 멍/쫄랑쫄랑 따라가며 멍멍멍/우리 집 강아지는 예쁜 강아 지/학교 갔다 돌아오면 멍멍멍/꼬리치며 반갑다고 멍멍멍

김태오가 쓴 시에 정동순이 곡을 붙인 〈강아지〉라는 동 요의 전문이다. 86년 아시안게임과 88올림픽을 치르면서, 외국인들이 다녀간 직후 '한국은 개를 도살하여 잡아먹는 미개한 나라'라고 평한 것을 두고, 온 국민이 '달팽이도 요 리하는 더욱 미개한 프랑스'라며 반발한 적이 있었다. 보신 탕, 즉 개장국을 즐기지 않는 사람조차, 타국의 편견을 나 무라던 것이 당시 국민의 정서였다.

우리를 미개(未開)하다고 표현한 그들에게 자존심이 허 락지 않았던 것이다. 그로부터 수십 년이 지난 지금은 어 떨까. 주거환경이나 먹거리는 물론이고, 의식 수준도 크

게 달라졌음을 느낄 수 있다. 애견 카페나 미용실은 물론이고, 애견 호텔이나 장의사까지 등장했다. 우스갯소리로 '나중에는 강아지와 한방에서 살겠네.' 하던 것이 현실이 된 지는 이미 오래다.

예로부터 내려오던 문헌이나 속담을 보면, 분명히 개를 일반적인 가축과는 달리 보고 있다는 것을 알 수 있다. '서당 개 삼 년이면 풍월을 읊는다.'는 속담도 괜히 있는 것이 아니다. 그만큼 영특하고 인간과 교감을 하는 동물로 인정했던 것이다. 풍산개나 진돗개와 더불어 귀신을 쫓는다는 삽살개에 이르기까지 명견들은 대우가 달랐다. 낮잠을 자던 선비의 곁에서 불이 번지자, 강으로 뛰어든 개가 온몸에 물을 적셔서 주인을 구했다는 이야기는 아직도 미담으로 전해진다. 이렇듯 개는, 노인에게 말벗이 되어주기도 하고, 아이들의 친구로 우리의 생활과 밀접한 관계를 맺고 살아가는 동물이다.

'동물보호법 일부개정 법률안'과 '축산법 일부개정 법률안'을 두고 동물보호단체들과 육견협회의 주장이 팽팽하게 맞서고 있다. 개는 가축이 아니라 반려동물이니, 식용은 있을 수 없다고 개정안을 추진하는 동물애호가들의 주장은 물론이고, 예로부터 '보신탕'이 원기 회복에 기여한 바가 크고, 육견업자의 생존권을 위협받는다고 주장하는 반대 측의 의견도 이해는 된다. 이 문제는 그리 단순한 문제가 아닌 듯하다. 현재 해외에서는 개를 식용으로 쓰지 못하도록 하는 트로이카 법안이 도입되는 등 개와 고양이 같은 반려동물에 대한 사육, 도살을 금지하는 추세에 있다. 물론 우리가 반드시 그들을 따를 필요는 없다. 하지만, 세계적으로 개 식용을 불법으로 규정하지 않는 나라는 국내를 포함한 중국, 베트남 등 3개국에 불과한 것으로 알려져 있다.

대세가 이러하니, 우리도 개를 식용으로 할 수 없다는 이야기가 아니다. 유기견들이 센터로 보내져도 일정 시간이 지나서, 분양이 되지 않으면 어쩔 수 없이 '안락사' 등을 시킬 수밖에 없는 현실을 감안하면, 아직은 개정이 이르다고 판단해 볼 수도 있다. 그렇다면 어떻게 그동안 평화롭게 공존할 수 있었는지 궁금해진다. 우선 보신탕을 취급하는 식당들은 대체로 도시 외곽에 위치하거나, 눈에 잘 띄지 않는 곳에서 영업을 하고 있다. 식용견들을 사육하는 곳도 일반인들은 접할 기회가 거의 없다. 그러다 보니,

식용견들의 위생 상태는 물론이고, 사육환경이 열악한 경우가 대부분이었다. 얼마 전, 울타리를 넘어 탈출한 개들이 올무에 걸려 사망한 일로, 업주가 검찰에 송치된 사례도 있다.

　현재는 '축산법'을 통해 개를 식용으로 사육하고 도축할 수 있는 근거가 마련돼 있다. 실제로 일부 판결에서는 이를 근거로 개 도살 행위에 대해 무죄가 선고된 바도 있다. 이른바 트로이카 법안은, 개를 가축에서 제외하는 '축산법 일부개정 법률안', 동물의 임의 도살을 금지하는 '동물보호법 일부개정 법률안', 음식폐기물을 동물의 먹이로 사용하지 못하게 하는 '폐기물관리법 일부개정 법률안' 등을 일컫는다. 앞서 국민청원에서는 개를 가축에서 제외해야 한다는 글이 올라왔고, 이 청원은 20만 명 이상의 동의를 얻었다. 보신탕이 지금은 적법하지만, 개정의 필요성은 예전부터 제기되어 왔다. 대표적인 사유는, 도살이나 사육의 방법이 잔인하고 위생적이지 못하다는 것이라고 요약될 수 있다. 2008년 7월 15일에 대한육견협회의 창립식에 참석했던 한 교수는 "소나 돼지처럼 개도 똑같은 식품인데, 여러분이 공격을 받는 이유는 조직이 없기 때문이다. 앞으로 축협도 가입하고, 축협장도 육견협회에서 나오길 기대한다."고 전국에서 모인 300여 명의 육견업자들을 독려했다고 한다.

여기에서 의식의 차이가 극명하게 드러나고 있다. 개나 고양이를 소나 돼지와 같은 시선으로 볼 수 있는지 여부가 찬반 논쟁의 잣대라고 볼 수 있다. 물론 한발 물러나서 생각해 보아도 반려견과 식용견의 구분 정도가 전부다. 먹을 수 있는 개와 먹을 수 없는 개를 어떻게 구분할 수 있는 건지 나로서는 이해할 수 없는 대목이지만 말이다. 논쟁이 벌어지면 이성적이고 발전적인 결론에까지 도달하기 위해 심사숙고를 거듭해 보아야 한다. 수백 명의 생존 문제도 걸려 있고, 그보다 더 많은 수의 개와 고양이들의 목숨이 달린 문제이니 말이다. 수요가 사라지면 자연스럽게 공급도 사라지는 것이 시장의 원리다. 다만, 보신(補身)할 대안이 없는 것도 아닌데, 굳이 반려동물까지 섭취할 필요가 있을까 하는 의구심은 아직도 강하게 남는다.

반(半)의 반(半)

　세상을 바라보는 시각은 제각각이다. 저마다 지식의 정도와 상식의 범위에서 해석을 달리한다. 여기에서 서로를 이해하고 갈등하는 과정을 거친다. 이해하면 소통하고, 갈등하면 마찰과 균열을 가져온다. 시너지(synergy)는 분산 상태에 있는 개인이나 집단이 서로 적응하여 통합되어 가는 과정, 또는 그 과정에서 나타나는 힘이나 효과를 뜻한다. 조직이나 국가는 이러한 시너지를 동력으로 발전해 가는 것이다. 반대로 '역 시너지(reverse synergy)효과'라는 것이 있다. 이해를 돕기 위해 시너지가 1+1=3이라면 역 시너지는 1+1=1인 경우라고 볼 수 있다. 흔히 경영학에서 많이 쓰이는 용어다. 기업 간의 인수합병으로 주가가 급등하는가 하면, 급락하는 경우도 많기 때문이다.

　예로부터 슬픔은 나누고 기쁨은 더하라고 했다. A와 B가 더해져서 삶의 무게가 더해지기도 하고, 가벼워지기도 한다. 그래서 삶은 다양한 스펙트럼을 보여준다. 잉태하고 출생하여 살아가다가 사망에 이르는 수순은 일반적이나, 그 과정에서 수많은 희로애락의 분자들을 경험한다. 희열과 좌절의 순간마다 들뜨고 절망하는 일들이 반복해서 일어나는 것이다.

2인3각 경기라는 게임이 있다. 두 사람이 좌우 한쪽의 발을 묶어, 3개의 다리(脚)로 달리는 방식이다. 주목할 것은 묶을 때, 두 사람이 똑같은 발을 내밀 수는 없다는 점이다. 한 사람이 왼발을 내밀면, 한 사람은 오른발을 내밀어야 한다. 그래야 달릴 수 있다. 같은 발을 묶으면 서로 반대의 방향으로 달릴 수밖에 없다. 아니, 한 걸음도 달릴 수 없다. 그렇다면 여기에서 결승점에 도달하는 가장 빠른 방법은 무엇일까. 당연히 배려와 호흡이다. 숨소리만으로 발을 맞출 수 있다면 더욱 좋겠지만, 여의찮으면 구령에라도 맞춰야 한다. 어느 한쪽이 뛰다가 쓰러지면, 함께 쓰러질 수밖에 없다. 그렇지만, 누구든 먼저 일어나서 넘어진 사람을 일으켜 세워주어야 한다. 그것이 더불어 살아가는 방식이고 발전해 가는 유일한 길이다.

현대를 살아가는 아이들은 외롭다. 중학교 2학년 여학생이 남자친구와 헤어졌다고 손목을 그은 사건이 있는가 하면, 핸드폰을 부모님보다 신뢰하고 의지하는 아이들이 늘어나고 있다. 무엇이 아이들을 삶과 죽음의 경계를 넘나들게 하고 있는가. 요즘 부모는 예전보다 아이들에 대한 애정 표현에 인색하지 않다. 과잉보호라는 말이 낯설지 않을 만큼 자녀의 안전에 관심이 많고, 어디를 가나 CCTV가 설치되어 있다. 하지만 지켜내지 못한 아이들은 여전히 존재한다. 집단 따돌림으로 인해 한 아이가 투신하는 사건도 있었다. 비단 청소년만의 문제는 아니다.

얼마 전, 전북 남원의 한 아파트에서 시각장애인이 희귀병을 앓는 형을 살해하고 본인도 투신한 것으로 추정되는 사건이 발생했다. 주민의 신고로 본인은 생명을 건졌지만, 앞으로 살아갈 삶은 어떨지 생각해 보면 그 고통은 이루 헤아릴 수 없으리라. 뼈가 물러지는 질환으로 고통을 받는 형을 지켜보는 동생은 얼마나 힘들었겠는가. 게다가 보호자인 본인조차 앞을 볼 수 없는 상황이니, 그 치열한 삶은 어떠했을까. 극단적인 선택을 하면서 얼마나 많은 눈물을 흘렸을까.

어떤 경우에도 죽음을 선택할 수 있는 권리가 우리에게는 없다. 안락사도 적법한 절차를 거쳐서 심사숙고해서 결정해야 할 사안이다. 극한 고통을 멈추고 싶은 것은 인간의 본능이다. 그러나 이겨내고자 하는 의지 또한 인간이 가진 본능이다. 그 의지가 약해졌을 때 힘을 보태고 살아갈 용기를 주는 것도 인간이 할 일이다. 이 사건은 수사 결과가 나와야 명료해지겠지만, 정황으로 보면 생활고를 비관한 일가족 자살 사건과 크게 다르지 않은 것처럼 보인다.

할반지통(割半之痛)이라는 말이 있다. 형제자매가 죽어서 몹시 슬퍼할 때 쓰는 말이다. 대개의 경우 힘을 합치면 강해지는 것은 자연의 이치다. 어떻게든 견뎌냈어야 했다. 비록 형의 고통을 지켜보는 것도, 그런 형을 보살피는 것이 동생을 힘들고 지치게 해도 이겨냈어야 한다. 앞으로 얼마나 많은 시간 동안 할반지통을 견뎌 내야 할 것인가 말이다.

인류의 역사는 나눔과 합침의 연속이었다. 인종과 종교 등 이루 헤아릴 수 없이 많은 이유로 나뉘고, 선진국과 후

진국이 나뉘고, 서양과 동양이 나뉘고 대륙에 따라, 대양에 따라 나뉘어 왔다. 남과 북도 38도의 각으로 나누어져 있지 않은가. 약소국들은 강대국에 무력으로 강점당했다가 독립과 해방을 거듭해 왔다. 이념의 양분화가 소멸되었는가 하면, 경제 양분화가 신생되기도 했다. 지금도 지구 어느 곳에서는 평화적인 소통이 이루어지고, 어느 곳에서는 유혈사태가 예견되는 일촉즉발의 위험이 도사리고 있다. 지금 대한민국의 시계는 몇 시를 가리킬까. 시너지효과까지는 아니어도 역 시너지는 아니어야만 한다. 국민들이 안위를 위협받고, 국가의 발전이 퇴보된다면 과연 여야의 존재 이유는 무엇인가.

오욕(汚辱)의 숲

크게 나을 것도 없다. 생존의 도구와 방식에 익숙해진 채, 야생의 본능을 내놓은 개보다 못한 군상(群像)을 만날 때마다 드는 생각이다. 영악하고 지능적인 기능까지 겸비한 인간이, 길들여진 개보다 어쩌면 더 위험할 수도 있지 않은가 말이다. 다소 격앙된 표현으로는 인간에 대한 존엄을 무시한다고 할 수도 있고, 문학을 하는 사람이 해야 할 말은 아니라고 질타를 받을 수도 있지만, 그걸 감내할 정도로 나는 분노와 부끄러움에 고개를 들 수조차 없는 낯뜨거운 현실에 위협을 느끼고 있는 요즘이다.

사회가 다변화되고 지자체별로 문화센터 등을 통한 학습 기회가 많아지면서 다재다능한 사람들이 많아지고 있다. 이는 좋은 현상이고, 과거에는 멀게만 느껴졌던 국악이나 클래식까지 배우려고 마음만 먹으면 저렴한 가격으로 쉽게 접할 수 있게 되었다. 이 또한 바람직한 현상이다. 다만, 평생 한길을 걸어온 전문 예술인들을 경시하거나 '해 보니 별거 아니더라'는 건방진 인식은 사라져야 한다. 문학 부문도 마찬가지다. 문학을 하는 이가 음악을 하거나 그림을 그리기도 한다. 나도 생업을 명분으로 그동안 단지 취미로 해 오던 음악을 하고 있지만, 음악인으로서의 가치 평가는 어림도 없다. 이유는 간단하다. 음악을 전업으로 하는 이들 앞에 서면 부끄럽고 죄스러운 마음에 주눅이 들기 때문이다. 그래서 공연할 때마다 시를 쓰는 이가 조그만 재주를 덧댈 뿐이니 큰 기대를 하지 말아 달라고 관객들에게 말로, 몸짓으로 표현하곤 한다.

시도 쓰고 그림도 그리는 다재다능한 초로(初老)의 한 문학인이 SNS에 올린 열 줄도 채 되지 않은 글을 보고 심장이 멎는 모욕감과 분노를 느끼지 않을 수 없었다. 요지는 이렇다. '문학을 가르친다는 게 이해가 되지 않는다. 특강이다 뭐다 해서 하는 것은 말이 되지 않는다. 무엇을 배운단 말인가. 글을 쓸 때 하나의 펜을 어차피 두 사람이 잡고 쓸 수 있는 것도 아닌데, 가르칠 것도 배울 것도 없지 않은가'라는 내용이다. 그의 글은 반나절이 가기도 전에 본인이 삭제하였음을 지인에게 전해 듣고 실망을 넘어서 절망감을 느꼈다. 그도 여기저기서 강의하고 있으면서 어찌 배우고자 하는 이들에게 허망함을 안겨줄 수도 있는 발언을 할 수 있단 말인가. 다재다능한 그는 가진 재주만큼이나 자신의 재능을 알리는 데에도 부러울 만큼 적극적이다. 배울 점이다. 스스로 생각해도 좋은 작품을 적극적으로 알리는 것은 어쩌면 지극히 당연한 일이다. 다만 일전에도 그는 다른 작가를 비하하는 발언의 댓글을 다른 이의 본문 아래에 달았다가 그 또한 스스로 삭제하는 우를 범한 전례가 있다. 그렇다면 그는 배우지 않은 글을 곧잘 쓰고 배우지 않은 그림을 곧잘 그리는 일부 언론에서 호도(糊塗)된 '천재적인 작가'는 아닌 듯하다.

고(故) 노무현 전 대통령은 유언에서 '너무 많은 사람에게 신세를 졌다. 나로 말미암아 여러 사람이 받은 고통이 너무 크다. 앞으로 받을 고통도 헤아릴 수가 없다. 여생도 남에게 짐이 될 일밖에 없다. 건강이 좋지 않아서 아무것도 할 수가 없다. 책을 읽을 수도 글을 쓸 수도 없다.'고 남기고 타인에게 등 떠밀린 운명처럼 먼 길을 떠났다. 그는 죽음을 각오한 절박한 상황에서도 그로 인해서 고통받는 이들을 걱정했고, 그들에게 짐이 되는 것조차 가슴 아파했다. 그의 인간적인 면을 엿볼 수 있는 대목이다. 무엇보다도 책 읽기를 좋아하고 글 쓰는 걸 좋아하던 그가 그 좋아하는 것들을 더 이상 할 수 없음에 우리는 이해관계와 정치적 견해를 떠나서 함께 비통해했음을 기억해야 한다.

겸손해져야 한다. 세상이 필요로 하는 대부분의 지식과 상식은 물론이고, 수많은 정보가 휴대전화 하나면 해결되는 세상에서 살아가고 있다. 배우려는 이는 없고 가르치려 드는 이들만 넘치고 또 넘쳐난다. 이런 때일수록 겸허한 마음가짐이 필요하다. 같은 산길을 두 사람이 걸어간다고 해서 두 사람 모두 같은 풍경을 보는 것이 아님에도 불구하고 그 길을 기껏 몇 걸음 앞서 걸어갔다고 해서 오만과 자만에 차서 '안 가 봐도 다 아는 길'이라는 방자한 생각은 버려야 한다. 특히 우리는 늙어갈수록 아름다워져야 한다.

뒤에 나선 젊은이들의 발걸음이 빠르면 어서 좁은 길을 비켜서서 앞서가는 그들을 진심으로 응원하고 연륜이 묻어난 당부를 하는 것이 도리이다. 늙으면 애가 된다는 말도 있다. 결코 좋은 뜻이 아님이 분명하다. 배고프면 울고 마음에 안 들면 드러누워 생떼를 부리는 이기적인 마음이 더해가는 모습을 꼬집는 표현이다. 순수해진다는 좋은 의미로 자연스럽게 받아들이기 위해서는 순수를 위한 끊임없는 노력을 멈추지 말아야 한다. 사회적으로 소위 성공한 지위에 이른 노인들은 더욱더 이 부분을 명심해야 한다. 그들의 판단이 실패한 사례보다 성공한 사례가 많았기 때문임을 인정한다손 치더라도 모두 옳은 것은 아니었음을 인정해야 한다. 예전에 발표했던 〈개〉라는 시의 전문이다.

짖어라//오욕의 숲을 거니는 이들의/안면(顔面)을 마주하고/갈라진 이빨 틈으로/피가 배어 나올 때까지/거침없이 짖어라/너의 목덜미를 움켜잡은/구속한 밧줄이 끊어지는 그날까지/컹-커엉 커엉-컹//불끈 솟아오른 핏줄/분노로 터져 여기저기 흩어져도/너의 젖은 눈동자에 비치는//부정(不淨)들을 향해 짖어야만 한다//쓸 새 없던 날카로운 발톱으로/굳건하고 메마른 회색 대지/할퀴고 짓이기며/사람과 함께한/인욕(忍辱)의 세월을 기억하고/넌 짖어야만 한다// 커엉-컹 컹컹컹

키다리의 꿈

　사람들이 선호하는 외모의 기준은 세월이 흐르면서 다양하게 변화되어 왔다. 요즘은 작은 머리에 큰 키를 선호하고, 가르마를 하지 않는 헤어스타일이 유행이라고 한다. 과거에는 일단 머리가 크면 장군감, 골반이 크면 일등 신붓감으로서 손색이 없는 외모라고 쳐주었다. '키 큰 놈치고 싱겁지 않은 놈이 없다.'는 말도 있다. 아마 이 말은 한국전쟁 당시 연합군이 물밀듯 밀려 들어온 시기에 생긴 말이 아닐까 싶다. 당시 큰 키와 콧대 덕에 '코쟁이', '양키' 등의 별칭으로 불리던 그들이 우리 눈에는 싱겁게 보였을지도 모르겠다. 이전까지는 키가 크면 '키다리' 키가 작으면 '땅딸보'라고 불리었지만, 적어도 땅딸보는 외롭지 않았다. 왜냐하면 대부분 땅딸보였기 때문이다.

　키가 큰 편이었던 나도 동무들과 어울려 놀기 위해서 작은 '척'을 해야만 했다. 큰 키를 어정쩡하게 숙인 채 어깨동무를 했고, 그렇게 골목길을 누비고 다녔다. 당시 대통령의 키도 작은 편인지라, 키 작은 이들이 야무지고 실속 있다는 인식은 더욱 설득력을 가졌다. 그뿐인가. 작은 고추가 맵다는 말까지 있지 않은가. 이래저래 키 작은 이들이 득세(?)하던 당시에 키다리들은 '키가 작았으면 좋겠다.'라는 말도 안 되는 꿈을 꾸기도 했던 것이다. 중국 무협 장르에서 자주 등장하는 '기골이 장대하다.'라는 표현도 '멋지다.'라는 의미보다는 '희한하다.'라는 부정적인 의미에 더 가깝게 이해되어도 이상하지 않던 이상한 시절이 있었다.

외모나 직업에 대한 선호도는 엎치락뒤치락 유행에 따라 변화해 왔다. 분명 세월이 흘러도 변하지 않는 것도 있다. 옳고 그름을 바라보는 민중의 시선이 그것이다. 정권이 바뀔 때마다 저지른 만용(蠻勇)을 오욕(汚辱)으로 명료하게 기억하고 있으며, 이를 두 번 다시 되풀이하지 않으리라 다짐하는 이들도 역시 민중이었다. 과거에는 다재다능한 장인(匠人)들을 비하하는 것도 예사였고, 그들이 국가에 기여한 공을 당연시하고 이를 거부하면 오히려 혹독한 대가를 치러야만 했다. 이 모든 만행을 저지르고 주도한 세력이 사과 하나 스스로 못 깎아 먹던 사대부들이었고, 이를 책임지기는커녕 권력이 바뀔 때마다 시류(時流)에 편승하며 살아남았던 이들이었다.

　사필귀정(事必歸正)은 불변의 진리다. 그 누구도 다른 이를 불편하게 만들 권리는 없다. 결국 폭력이나 이기(利己)는 본인에게 관대한 기준 탓이다. 직장 내에서 단합을 빙자한 술자리가 오히려 곤혹스럽거나 공포일 때가 더 많다. 오거돈 전 부산시장의 성폭력 사건은 정황상으로 보면 우발적이라고 보기 어렵다. 그가 속한 정당에서 제명되고 안 되고는 중요하지 않다. 검찰은 일벌백계의 차원에서 엄중하게 수사하여 공직자의 기강을 세워야 할 것이고, 법원은 함께 어울려 살아가는 이들에 대한 예의를 다하는 판결이 이루어져야 할 것이다. 여당의 일원이었다고 해서 유야무야 지나가선 곤란하다. 키가 큰 사람이건 작은 사람이건 우리가 세상을 살아가는 동력은 '꿈'을 꾸는 일이기 때문이다. 분노로 잠들지 못하면 꿈꿀 수조차 없지 않은가.

4

물어보자, 삶에게

살아간다는 것은, 때로는 수많은 물음표로 탐구하고,
때로는 느낌표로 감동을 주고받고,
때로는 쉼표처럼 쉬어가기도 하며,
줄임표로 침묵할 줄도 알아야 하며, 때로는 큰따옴표로
할 말은 하는 용기도 필요하고
작은따옴표로 혼잣말할 때도 있어야 한다.
그리고 마침표로 삶을 마무리하는 과정이 아닐까.

졸혼(卒婚)의 명분(名分)

졸혼이 유행이란다. 우선 최근 접한 생소한 단어인 졸혼의 의미를 포털 사이트에서 찾아보니, 오픈 사전(네티즌이나 전문 분야의 학자들이 등재한 임의 사전)에 '결혼을 졸업한다'라는 뜻으로 이혼과는 다른 개념이고, 혼인 관계는 유지하지만, 부부가 서로의 삶에 간섭하지 않고 독립적으로 살아가는 개념으로 일본에서 인기를 끌고 있는 새로운 풍속이라고 친절하게 설명이 되어 있었다. 물론 사전적 용어는 아니지만, 신조어로 급격하게 중장년층은 물론이고 노년층에서도 유행처럼 번져가고 있다.

먼저 졸혼의 근원이 될 결혼이라는 것에 대한 정의가 앞서야 뭔가 개념이 정리되지 않을까 하는 마음에서 사전을 찾아보니, '남녀가 정식으로 부부관계를 맺음'이라고 나와 있다. 그게 전부다. 이렇게 간단할 수가 없다. 아쉬움에 연관 검색어를 찾아보니 백년가약(百年佳約)이라고 나온다. 남녀가 평생을 함께하기로 다짐하는 아름다운 언약, 즉 말로 하는 약속이라고 한다. 한마디로 결혼이란, 예식을 통해 격식을 따지는 것이 아니라 맑은 물 한 사발을 떠 놓고 맞절만으로 예의를 다하는 일종의 약속인 것이다.

졸혼, 즉 결혼이라는 관례를 '졸업'하기 위해서는 결혼이 아니어야 하고, 결혼이 유효한 거라면 졸혼이라는 말 자체가 성립되지 않아야 하는데, 드물지 않게 농담처럼 시작된 졸혼이 믿어지지 않을 만큼 무서운 속도로 전해지고, 그 유행(?)을 이해하지 못하는 이들에게 '그런 것도 모르냐'고 일갈을 가하는 당당한 부부도 있다. 졸혼의 의미대로라면 결혼은 서로의 삶을 간섭하는 피곤함은 물론이고 각자 독립된 인격체로서 인정받지 못하는 관계라는 이야기가 된다. 슬픈 일이 아닐 수 없다. 정작 결혼은 '아름다운 약속'이라고 하지 않는가. 구속과 억압의 개념으로부터 자유롭기 위한 아름다운 용어처럼 자리 잡아가는 '졸혼'이 두렵다.

이쯤 되면 누구의 요구가 먼저였을지 궁금하지 않을 수 없다. 힘든 육아와 남존여비의 잔재로 남은 시댁으로부터

의 자유로움이 필요했던 아내의 요구인가. 아니면 아내의 잔소리와 일탈을 꿈꾸는 남편들의 요구인가. 일반적으로 는 사회적 약자가 다수인 아내 측의 요구일 것이라고 인식 하지만, 못 이기는 척 받아들이는 남편들의 수용도 한몫 하지 않을까 싶다. 어쩌면 결혼이라는 제도가 이성의 소유 욕을 공고히 하는 데 기반하고 있을지도 모른다. 성서에서 그리도 금기시하고 있는 남의 아내를 끊임없이 탐하는 남 의 남편의 욕구와 맞물려 불륜(不倫)의 길을 아슬아슬하게 함께 걸어가는 연인들이 현격하게 늘었다.

한때 막장이 아닌 드라마나 소설을 찾아보기 힘든 시기 가 있었다. 계용묵의 단편 〈백치 아다다〉의 순결하고 고결 한 희생에 가슴 아파하고, 황순원의 단편 〈소나기〉의 순수 한 사랑에 잠 못 이루던 독자들이 어느새 우연처럼 필연의 자극적인 상황들에 길들어 가던 그런 시기가 있었다. 그 시기를 완전히 벗어나지 못했을는지도 모른다.

1996년에 방영된 당시 인기 탤런트였던 유동근, 황신혜 가 주연한 16부작 〈애인〉이라는 드라마는 충격이었다. 뒤 늦게 내한 공연까지 가진 Carry & Ron이 불렀던 I.O.U(I

Owe You)라는 삽입곡조차 흥행할 만큼 아름답게 그려진 불륜, 오히려 그들의 사랑에 방해가 되는 모든 반동 인물이 시청자들에게 공공의 적이 되어 버린 그 드라마의 주제곡은 아직도 심심치 않게 카페나 커피 전문점에서 들을 수 있다.

사랑은 한시적일 수 있다. 생체학적으로 신경전달 물질의 하나인 도파민(dopamine)의 생성과 감소의 작용으로 이성에 대한 관심이 줄어들어 마침내 권태기를 겪게 된다는데, 이를 어쩌겠는가. 게다가 불륜은 절대적으로 사랑이 아니라고 억지를 부릴 생각도 없다. 아내보다 남편보다 더 사랑하는 이가 생길 수 있다. 주위로부터 인정을 받으면 더 좋겠지만, 그러지 못한다고 아쉬워할 일도 아니다. 사랑하는 이를 곁에 둘 수만 있다면 굳이 인정받지 못한다고 해도 행복할 수도 있다. 우스갯소리로 부부는 이성이 아니라 가족이고 가족끼리의 사랑은 근친상간에 해당한다고도 한다. 그냥 웃어넘길 일은 아니다. 그럴 수 있다.

불륜, 말린다고 사라질 일도 아니고, 대놓고 장려할 일도 아니다. 분명한 건 누군가에게 큰 상처가 될 수도 있고,

급기야 불륜의 상대, 즉 지금 사랑하는 사람에게 수모를 겪게 할 수도 있다. 사회 통념의 문제가 아니다. 인륜이 질서와 약속으로 굴러가는 수레바퀴라면 불륜은 네모난 바퀴처럼 늘 삐걱댈 수밖에 없다. 불륜이 재혼 등의 또 다른 약속으로 인륜이 되지 못한다면 서로에게 예의를 다하고 볼 일이다. 졸혼이라는 말도 안 되는 명분을 내세워 서로의 부정을 눈감아주고 가정이라는 허울을 빈정대며 한 지붕 아래에서 약속을 이행하는 척 가식을 떨 일이 아니다.

어쩌면 일본에서 건너오기 전에 어떤 모습이었건, 우리에게 졸혼은 평생 시어머니의 병수발에, 남편의 폭언과 폭력에, 자식에게 우렁쉥이처럼 제 살을 다 내놓은 어머니이자 며느리이자 아내인 노부인의 마지막 치열한 투쟁의 일환일 수도 있다. 졸혼이 되었건 이혼이 되었건 여성들의 희생적인 삶이 아닌, 아름다운 삶을 진심으로 응원한다.

그대, 아직도 결혼을 졸업하고 싶은가.

짜장면과 껍딱지

국어순화(國語醇化)도 쉽지 않은 일이다. 틀린 말을 바로 잡아야 하고, 외래어는 가능하면 순우리말로 바꾸어야 하고 외국어는 표기를 정확하게 해주어야 하니까 말이다. 국립국어원이라는 곳에서 이 어려운 일을 맡아서 하고 있다. 개원 당시에는 국립국어연구원이었다가 국립국어원으로 기관명이 변경되었는데, 둘 다 그렇게 우리에게 익숙하지 않은 이유는 한글날을 제외하고 크게 회자될 일도 없을 뿐더러, 무엇보다도 현실과 이상이 동떨어진 '따로국밥' 같은 역할에 관심을 갖지 않은 이유가 가장 크다고 본다. 서울이 고향인 친구가 대구의 따로국밥이 궁금하다고 해서 대접했더니 실망하는 모습이 선하다. "어차피 이렇게 말아 먹으면 그냥 국밥이랑 뭐가 다르냐."고 불평했지만, 여전히 나는 다르다고 믿고 있다.

1980년대만 하더라도 가끔 북한의 축구 중계방송을 보면서 그들을 놀리기 일쑤였다. 거의 순우리말에 가까운 북한말은 우스꽝스럽기도 하고 어렵기도 해서 방송에서 퀴즈로 내보낼 정도였다. 제작 의도는 남과 북의 언어 장벽을 허물어 보자는 것이었던 걸로 기억하는데, 정작 기억에 남는 것은 북한의 언어에 대한 비아냥거리는 해설과 남한의 언어에 대한 이유 없는 우월감을 가진 진행자의 당당한 표정과 어투뿐이었다.

한편 '짜장면'에 대한 바른 표기법이 '자장면'인 것을 알았을 당시에는 실로 충격이었다. 어차피 중국에도 없는 짜장면은 춘장을 이용한 우리 식으로 개화된 새로운 음식인데, 굳이 어원과 어의를 따져서 자장면으로 바꾼 저의를 알 수가 없었다. 짜장면을 중국어 작장(炸醬 zhájiàng)과 면(麵)이 결합한 말로 보아 '자장면'이라 적도록 한 것인데, 어쨌건 외래어고 발음상의 정확한 표기도 어렵다는 것이 인정되어 2011년 8월 31일부로 혼용하게 된 것이 그나마 다행이다.

당연히 한 나라의 언어를 표현하는 데 문법은 매우 중요하다. 하지만 그건 약속된 언어를 지킴으로 인해서 소통하는 데 그 목적이 있지, 문법을 위한 문법이어서는 안 된다. 요즘 많이 쓰이는 SNS를 우리말로 순화하면 '누리소통망'이라고 한다. 들어본 적이 있는가. 살아 움직이지 않는 언어는 도태되게 마련이다. 바른 용어를 쓰는 것도 중요하지만, 그보다 더 중요한 것은 다수의 집단이 사용하는 언어들은 그 자체가 하나의 '약속'이다. 그 약속을 인정하지 않는다면 국립국어원은 있으나 마나 한 탁상공론에 능한 국가 연구 기관에 불과하다.

언제부터 통용되었는지는 알 수 없지만, 요즘 젊은 부부들이 자녀들을 '혹'이나 '껌딱지'에 비유하는 경우가 많아졌다. 내가 어렸을 때, 유독 부모님의 모임에 동행하는 경우가 많았던 걸로 기억한다. 다른 분들도 으레 애들을 데리고 왔기 때문에 어린 우리도 불편함이 없었음은 물론이다. 한마디로 우리가 '혹'이었을 수도 있다는 의심을 해 본 적이 없다. '혹'이 무엇인가. 병적으로 불필요한 곳에 불거져 나온 살덩어리 아닌가. 좋게 보더라도 어딘가에 부딪혀서 생긴 부어오른 '상처'다. 어떻게 두 사람이 만나 맺은 사랑의 결실을 '혹'에 비유할 수 있는가. '껌딱지'는 또 어떤가. 국어사전조차도 인정하지 않는 껌과 딱지가 결합된 언어다.

씹을 때는 달콤하지만, 단물이 빠지고 나면 이내 애물단지가 되어 버리는 것이 '껌'이다. 어딘가에 엉겨 붙으면 떼어 내야만 하는 그 껌만으로는 부족했던 걸까. 종잇조각의 의미거나 상처 같은 것이 굳으면 생기는 것을 '딱지'라고 한다. 그렇게 껌딱지는 '자녀'를 뜻하는 신조어가 되었고 사전에는 없다. 이런 식은 곤란하다. 짜장면이나 짬뽕과는 다른 이야기다. 국어사전에서 '껌딱지'를 찾았을 때 「자녀, 혹은 소중한 사람을 뜻하는 명사」라고 표기된 것을 보았을 때 얼마나 당황스러울지를 생각해 보면 우리들의 언어 선택은 더욱 신중해야 하지 않을까.

얼마 전 소설가 몇을 만나 커피를 마시며 얘기를 나누는데, 다른 테이블에서 젊은 여성 하나가 "다음에는 껌딱지들 떼놓고 우리끼리 재미있게 놀아요."라고 하는 말을 듣고 놀라는 나의 모습을 보고 일행 한 분이 "요즘은 다 그래요. 나쁜 뜻이 없으니 괜찮아요. 혹보다는 낫잖아요?"라고 했다. 기가 막히지 않을 수 없었다. 속뜻이 나쁘지 않다면 굳이 이런 부정적인 의미의 비유를 할 이유는 또 무엇인가. 그리고 껌딱지들을 떼놓아야만 재미있게 놀 수 있는 놀이는 도대체 어떤 것들이 있는지 그것도 궁금하다.

아이를 키우는 것이 성가시고 힘든 일임에는 분명하다. 아이가 힘들게 할 때마다 "내가 너 때문에 못살겠다"고 무심결에 말하기도 한다. 하지만 세상 어머니들은 모두 알고 있다. 그 힘들게 하는 아이가 사라지면 더 힘들어진다는 것을 말이다. 그렇다면 지금 부를 수 있을 때 소중하고 사랑스러운 아이의 이름을 아끼지 말고 자주 불러 주는 것이 옳다. 시간이 더 흐르고 흐르면 당신이 애타게 불러도 대답하지 못할 만큼 자녀가 바빠지면, 당신을 '혹'이나 '껌딱지'로 여길 수도 있을 테니 말이다. 신조어가 나쁘지만은 않다. 재치 있고 세련된 신조어도 많이 발견하곤 한다. 이왕이면 사랑하는 사람에게 사랑스러운 의미가 담긴 곱고 아름다운 신조어를 만들어 사용했으면 하는 바람이다. 언어는 필요에 따라서 생성되고 소멸하는 유기적인 개념이다. 문장에 어우러져 사용되기까지의 시간보다 이를 대중들이 인정하는 시간이 앞서게 마련이다. 신조어도 사회적 현상을 반영하는 경우가 많으니, 부정적이거나 자극적인 은어가 왕성한 사회는 그만큼 병들고 지쳐있음을 의미하는 것이라고도 볼 수 있다. 우리는 신조어의 객체가 아닌 주체로서 책임과 권리를 잃어버려서는 안 되는 이유가 거기에 있지 않을까.

생업(生業)의 비애(悲哀)

이제 더 이상 '시인'은 직업으로서의 당위성을 잃어버린 지 오래다. 가장 안정적인 시인의 직업은 교직이나 공무에 종사하는 이들이라고 한다. 시인의 직업이라는 말은 한마디로 어불성설(語不成說)이다. 언제부터 시인은 직업이 될 수 없었을까. 혹자는 시인의 수가 기하급수적으로 늘어나서, 고료를 받고 글을 쓸 수 있는 지면이 현저하게 줄어들었기 때문에 생업으로서의 존재가치는 거의 사라진 지 오래라고 한다. 좀 더 현실적으로 묘사해 보면 시를 쓸 수 있는 공간은 예전보다 더 늘어났다. 온라인이나 새롭게 발간되는 문예지들도 시인의 수만큼이나 헤아릴 수 없을 만큼 증가했고, 특히 블로그를 비롯한 SNS를 통해 개인의 생각을 일목요연하게 정리해서 시간에 구애받지 않고 언제든지 글을 올릴 수 있는 것까지 감안하면, 글을 발표할 기회가 부족하다는 것으로는 핑계가 부족하다.

문제는 생존(生存)이다. 문학은 생존을 위한 생계 수단으로써 제 역할을 턱도 없이 못 하고 있다. 80년대만 해도 시집 선물을 주고받는 건 설레는 일이었다. 이성에게 마음을 건네는 소품으로 가성비가 그만한 것도 드물기 때문이기도 했지만, 선택할 수 있는 폭이 넓지 않았던 이유도 한몫했다. 90년대로 접어들면서 상황이 많이 달라지기 시작했다. 인터넷과 함께 핸드폰이 본격적으로 상용화되기 시작했고, 문자 전송에 익숙해지면서 실시간으로 마음을 표현하는 것이 가능해졌다. 시 한 편을 읽는 일처럼 그, 혹은 그녀의 마음을 헤아리기 위해서 몇 번을 곱씹어서 마음을 헤아리는 일이 귀찮고 번거로운 일이 되어 버린 셈이다.

흔히 '시인은 배가 고프다.'라고 해서, 문학 지망생들이 국어국문학과를 비롯한 관련 학과로 진학하려 하면 부모님이나 담임 선생님은 필사적으로 만류했다. 물론 그런 환경으로부터 나도 자유롭지 못했던 탓에 엉뚱하게도 경영학을 전공하게 되었지만, 크게 후회가 되지 않은 걸 보면 어느 정도는 적성과 그리 멀지도 않았나 보다. 하긴 경영학도 궁극적으로는 인문학과 동떨어진 학문이 아니어서 그럴 수도 있었으리라. 학교를 졸업하고 금융기관에 취업했지만, 조직 생활에 적응하기 힘든 모난 성격 탓인지 어떻게든 그만둘 빌미(?)를 찾던 차에 아는 교수님의 소개로 중소기업 대표를 만나 그와 의기투합해서 회사를 키우는 재미가 여간 즐겁지 않았다. 특히 새로운 기획안과 제품 개발 혹은, 직원들의 복리후생과 관련한 계획을 세우느라 모두 퇴근한 텅 빈 사무실에서 혼자 하얗게 지새우던 그 밤을 영원히 잊지 못할 것 같다.

요즘은 최저시급을 비롯한 탄력적 근로시간제 등으로 노동자와 사용자 간의 골이 깊어만 가는데, 안타깝기 그지없는 일이다. 열심히 일하는데 알아봐 주지 못하는 사용자와 한 방울의 땀이라도 손해 보지 않으려는 근로자가 어찌 조직의 발전을 가져올 수 있을까. 혹자는 이것이 합리적인 경영이라고 하지만, 회사도 인간관계를 기반으로 하는데, 사람과 사람의 마음을 합리적인 대가만으로 평가할 수 있을까. 한때 어느 건실한 회사가 자금난으로 도산할 위험에 처한 적이 있는데, 전 임직원이 무임금으로 십시일반 힘을 모아 경영 위기를 벗어난 기적도 있었다. 그 회사는 위기를 벗어난 후, 그들의 희생을 몇 배의 보상으로 돌려주었기에 아직도 건재하고 있음은 물론이다.

현실적으로 직업을 선택하는 기준으로 크게 두 가지 정도로 나누어 볼 수 있겠다. 하나는 당연히 보수가 될 것이고 나머지 한 가지는 그 직장에서 얼마나 오래 재직할 수 있을지 정년 보장에 관한 약정이 될 것이다.

정년(停年)은 어찌 보면 현대판 고려장이나 다름없다. 오랜 경력을 바탕으로 축적되어 온 능력이 일정 나이가 되면 버려지거나 이종의 단순노동 분야에 재취업하는 국가는 미래지향적일 수가 없다. 고령화사회에 본격적으로 접어든 지는 이미 오래다. 일본 등지에서 어떤 식으로 이를 극복해 나가고 있는지를 - 실제로 그네들도 그다지 극복한 것 같지도 않음에도 불구하고 - 그대로 따라 하기에 급급하지 말고, 코로나 위기 때처럼 우리는 우리식대로 모든 지혜를 모아서 한국식 고령화 극복 선진사례를 남길 수도 있지 않을까.

과연 정년 나이를 해마다 줄여 나가는 단순한 산술적 계산 방식으로 청년 실업률이 줄어들 수 있을까? 정년이 보장된 공무원과 공사기업 등의 취업 준비생이 해마다 기하급수적으로 늘어 가는 건 어떻게 설명될 수 있을까. 고

시원마다 밝힌 불이 하나둘 꺼지고 그들을 절실하게 필요로 하는 유망한 중소기업으로 발걸음을 옮길 때 비로소 나라 경제는 균형을 이룰 수 있다. 국가라는 버스를 타고 미래로 향하는데, 매번 만나는 커브 길마다 무리하게 핸들을 꺾으면 한쪽으로 쏠리게 된다. 위험하다. 한쪽으로 기울어지면 전복 사고가 나게 마련이다. 한 나라의 미래의 척도는, 급변하는 현대사회에 어울리는 다양하고 세분화된 직업군의 필요성에 있지 않을까.

생업(生業)은 살아가기 위해서 하는 일이다. 어떤 직업을 가지든 생계를 위한 보수는 고민하지 않을 수 없다. 그렇지만, 그것이 전부여서는 안 된다. 속된 말로 돈을 벌기 위해서라면 어떤 일이든 마다하지 않는다면, 어떻게든 돈이라는 것을 벌게 되어 있다. 극단적으로 남을 속이고 힘들게 하고 갈취하는 일조차 마다하지 않는다면 어찌 그 돈이 모이지 않겠는가. 다만 그렇게 부를 축적하며 살아가기 위해서는 중요한 한 가지를 포기해야 하는 결심(?)이 필요하다.

그것은 바로 인간으로서의 '가치'다. 사람이 아니어도 좋다면 그리 살아도 좋다. 가치를 잃어버린 성공은 성공이 아니다. '나'의 가치와 더불어 내가 아끼고 사랑하는 가정을 지키고 '사회적 가치'를 추구할 수 있는 직업이 인정받을 수 있는 세상이 되어야 하는 이유가 여기에 있다.

노동의 새벽

5월은 가정의 달이다. 물론, 5월 하면 광주민주화운동을 먼저 떠올리는 나 같은 사람들도 적지 않다. 80년대에는 노동문학과 민중가요 등을 자주 접할 수 있었고, 이와 관련해서 민중가요 한두 곡, 박노해의 시 한 구절 읊어 보지 않은 사람은 드물다. 나도 당시 학보사에서 발행한 유인물을 보며, 떨리는 손으로 그의 시를 처음 접하고 두근대는 심장과 뜨거운 열정을 가졌음을 고백한다.

전쟁 같은 밤일을 마치고 난/새벽 쓰린 가슴 위로/차거운 소주를 붓는다/아/이러다간 오래 못 가지/이러다간 끝내 못 가지//서른세 그릇 짬밥으로/기름투성이 체력전을/전력을 다 짜내어 바둥치는/이 전쟁 같은 노동일을/오래 못 가도/끝내 못가도/어쩔 수 없지/탈출할 수만 있다면,/진이 빠져, 허깨비 같은/스물아홉의 내 운명을 날아 빠질 수만 있다면/아 그러나/어쩔 수 없지 어쩔 수 없지/죽음이 아니라면 어쩔 수 없지/이 질긴 목숨을,/가난한 멍에를,/이

운명을 어쩔 수 없지//늘어쳐진 육신에/또다시 다가올 내
일의 노동을 위하여/새벽 쓰린 가슴 위로/차거운 소주를
붓는다/소주보다 독한 깡다구를 오기를/분노와 슬픔을
붓는다//어쩔 수 없는 이 절망의 벽을/기어코 깨뜨려 솟구
칠/거치른 땀방울, 피눈물 속에/새근새근 숨 쉬며 자라는/
우리들의 사랑/우리들의 분노/우리들의 희망과 단결을 위
해/새벽 쓰린 가슴 위로/차거운 소줏잔을/돌리며 돌리며
붓는다/노동자의 햇새벽이/솟아오를 때까지

박노해 〈노동의 새벽〉 전문, 도서출판 풀빛, 1984

5연으로 구성된 이 작품은 삶에서 느끼는 노동자의 분
노와 체념에 그치지 않고, 마지막 연에서는 희망의 메시지
를 우리에게 건네고 있다. 특히 새로운 새벽을 노래하며
우리들의 희망과 단결의 의지를 북돋아 포기하지 말라는
대목은, 외부의 핍박으로부터 해방되어 노동자들이 정당
한 대우를 받고 참주인이 되는 세상을 꿈꾸는 구절이 이
리도 진솔할 수가 없다.

대구 중구 대봉동에 소재한 방천시장은 가수 김광석이
그곳에서 출생했다는 이유로 거리가 조성되어 특화된 곳
이다. 도시 규모에 비해 볼거리가 드문 대구에서 명소로 자

리 잡은 지 이미 오래다. 거기에 반해 전태일 열사가 대구 출신임을 아는 사람은 드물다. 그가 1970년 11월 13일 평화시장 앞에서 자신의 몸에 석유를 뿌리고 불을 붙인 채 "근로기준법을 준수하라! 우리는 기계가 아니다!" 등의 구호를 외치며 산화한 지도 어느덧 반세기가 다 되어간다. 그가 어머니에게 남긴 유언은 "내가 못다 이룬 일을 어머니가 대신 이뤄주세요."였다.

그는 1948년 8월 26일 대구시 중구 남산동에서 전상수(全相洙)와 이소선(李小仙) 사이에서 2남 2녀의 장남으로 태어났다. 6·25전쟁이 일어나자 가족과 함께 부산으로 피난 갔으나 봉제 기술자였던 아버지 전상수가 파산하는 바람에 1954년 가족이 모두 서울로 올라와서 '서울 사람'이 되었다. 그가 노동운동에 미친 영향은 이루 헤아릴 수 없이 다각적이고 방대하다. 그가 평화시장 봉제공으로 일할 당시 기록한 일기 등은 당시 노동 상황을 이해하는 데 소중한 자료로 쓰일 만큼 섬세하게 기록되어 있다. 노동운동의 상징이 된 그의 삶의 흔적은 출생지 대구 남산동, 그 어디에서도 찾아볼 수 없었는데, 수년 전부터 사단법인 전태일의 친구들을 중심으로 뜻있는 사람들이 전태일 열사의 옛

집에 기념관 설립을 추진하고 있다고 한다.

마침내 삼성전자 무(無)노조 신화가 무너졌다. 첫 정식 노조가 설립되었기 때문이다. 삼성전자 직원 2명이 낸 노조설립 신고서를 고용노동부 중부지방고용노동청이 수리하고, 노조설립 통보서를 보낸 것으로 확인되었다. 삼성의 62개 계열사 중에서 현재 8곳에는 노조가 있지만, 그룹의 핵심이라 할 수 있는 삼성전자에 정식 노조가 설립된 것은 창업 이후 49년 만에 처음이다. 삼성전자는 이미 오래전부터 노조와 관련해서 수많은 루머와 의혹이 시중에 떠돌았지만, 실제로 직원들에 대한 복리와 임금이 업계 최고 수준이어서 소위 '삼성맨'은 노조가 무의미하다는 것이 일반적인 견해였다. 과연 그럴까.

고용주와 노동자는 합리적인 협의를 통해 관계를 이어가는 존재다. 인간적인 면으로 맺어진 관계가 아닌지라, 서로의 이해관계가 '모두 만족'이라는 결과를 도출하기는 쉽지 않다. 따라서 매년 임금 협상 시기가 되면 업계에선 몸살을 앓고 있다. 물론 여기에서도 귀족노조와 일반노조가 나눠지긴 해도 말이다.

삼성전자에 노조가 설립된다는 것은 노동자들의 권익을 위해서는 지극히 고무적인 일이긴 해도 또 하나의 귀족노조가 설립된 것은 아닐까 우려도 되지만, 삼성전자의 근로자도 근로자다. 역차별적인 시선은 위험하다. 노조의 목적은 노동운동이 아니다. 쾌적한 근로환경과 노동자의 권익을 보호하는 데 있으므로, 노동자가 있는 곳이라면 그 어디에도 예외가 있을 수 없다. 삼성전자일지라도 말이다.

　헌법에 따라 근로조건의 기준을 정함으로써 근로자의 기본적 생활을 보장, 향상시키며 균형 있는 국민경제의 발전을 꾀하는 것을 목적으로 하는 법이 근로기준법이다. 사용자와 근로자는 대적하는 관계가 아니라 서로 협조하고 함께 걸어가야 하는 동반자여야 한다. 경영난으로 극단적인 선택을 하는 영세업체 사장들도 얼마나 많은가. 근로기준법은 노사 간의 그 누구도 부당한 요구를 할 수 없다는 기준일 뿐, 그 어디에도 투쟁을 위한 투쟁이어야 한다는 대목은 없다. 소위 '임금투쟁'은 행사나 이벤트가 아니다. 생존을 위한 국민의 기본권을 지키기 위한 것이어야 한다. 노동자뿐만 아니라 그 누구도 '귀족'이 되어서는 안 된다. 그래야 '햇새벽'에 누구도 눈살을 찌푸리지 않을 수 있기 때문이다.

이등병의 편지

　김임구, 나의 외아들이다. 이제 만 21살로 2018년 2월 26일 자로 논산훈련소에 입소했다. 나는 여느 아버지처럼 대범하지 못한 탓에 밥을 먹다가도 아들을 보낼 생각에 울컥해서 담배를 한 개비 물고 자리에서 일어나곤 했다. 물론 아내는 그런 나를 보며 끽연가의 못난 의지를 나무라는 걸 잊지 않았다. 특히 아들이 입소 당시 입고 갔던 사복이 소포로 왔을 때는 통곡에 가까운 울음이 터져 나오는 걸 아내가 선수를 치는 바람에 삼키고 말았다.

　아직도 솜털이 얼굴에 남아있는 앳된 아들이 40kg에 육박하는 배낭을 메고 완전군장을 한 채, 흙먼지 날리는 연병장을 구보하는 것을 상상하기가 어렵다. 왜 안 그렇겠는가. 세상 부모 중에서 아들이 대한민국의 부름을 받았으니 조국을 지키기에 가장 적합하다고 인정하는 사람이 몇이나 되겠는가 말이다. 그러니 잊을만하면 연예인이나 정치인들의 병역 비리에 관한 기사가 불거져 나오는 것이다. 그들도 입대가 두려울 것이다. 복무기간도 아까울 것이다. 이를 비호할 생각은 추호도 없다. 다만 말이 그렇다는 소리다. 그러니 이리도 대단하고 숭고한 결심을 노래한 가사가 적지 않았을 것이다. 아들을 떠나보내는 부모의 비장한 가치를 허무는 병역 비리는 근절되어야 마땅하다. 고위 공직자의 자녀와 유명인들이 멀쩡한 생니를 뽑고, 장기를 손상시키는 것도 모자라, 무릎뼈에 위해(危害)를 가해 진단서를 끊는 수법으로 병역을 회피하는 행위. 이는 명백하게 범죄가 맞다.

집 떠나와 열차 타고 훈련소로 가는 날/부모님께 큰절하고 대문 밖을 나설 때/가슴 속에 무엇인가 아쉬움이 남지만/풀 한 포기 친구 얼굴 모든 것이 새롭다//친구들아 군대 가면 편지 꼭 해다오/그대들과 즐거웠던 날들을 잊지 않게/열차 시간 다가올 때 두 손 잡던 뜨거움/기적소리 멀어지면 작아지는 모습들//짧게 잘린 내 머리가 처음에는 우습다가/거울 속에 비친 내 모습이 굳어진다. 마음까지/뒷동산에 올라서면 우리 마을 보일는지/나팔 소리 고요하게 밤하늘에 퍼지면/이등병의 편지 한 장 고이 접어 보내오./이제 다시 시작이다. 젊은 날의 꿈이여

〈이등병의 편지〉 전문

이 노래는 각종 의혹을 남기고 고인(故人)이 된 김광석의 〈이등병의 편지〉라는 곡이다. 이 곡을 듣고 있노라면 예전의 향수와 함께 가사를 곱씹어 보게 된다. 그런데 공감하기 힘든 대목이 후렴구로 반복되는 '이제 다시 시작이다. 젊은 날의 꿈'이다. 부모님과 친구들과의 이별을 아쉬워하는 훈련병의 모습으로 표정이 굳어지는 화자가 친구들과 편지를 주고받는 단순하고도 자연스러운 사연까지는 이해할 수 있다. 다만 병영으로 다시 시작할 수 있는 젊은 날의 꿈은 무엇이 있을까. 젊은 날의 꿈을 잠시 접고 병영 생활을 해야 한다면 모를까. 이렇게 연결되면 어떻게 보면 억지에 가깝다. 해를 거듭할수록 복무기간이 줄어들고 있는 것은 그나마 다행한 일이 아닐 수 없다.

병역(兵役)은 군대의 병원(兵員)을 획득하여 소요 병력을 유지하고 전시의 급격한 증원을 보장하기 위한, 병사의 징집과 소집, 병역의 구분, 복무, 병역 연한 등에 관한 제도로 '자유'와 '강제' 병역제도로 나눈다. 흔히 자유병역제도는 용병을 일컫는 제도로 이는 애국심이 결여될 수 있다는 단점이 있다. 한반도의 정세를 보았을 때 경비 절감과 기타 여하한 이유 때문이라도 우리나라는 '강제병역제도'

를 따를 수밖에 없다고 한다. 한마디로 우리나라의 병역은 의무제도이다. 신체 건장한 젊은이라면 당연히 가야 한다. 대한민국의 아들이 되는 순간이다.

조국의 부름에 응하는 것은 당연한 일이다. 부모 입장에서 그렇게 마음먹기 쉽지 않은 것은, 그동안 병영 안에서 벌어지는 각종 미제사건, 사고가 발생할 때마다 소극적으로 대처하는 당국의 모습들에 대한 신뢰가 크지 않은 탓이다. 군대의 특성상 보안을 이유로 가려진 여러 가지 문제들은 심심치 않게 있었다. 분명 사회적 문제임에도 불구하고 군법을 악용한 은폐 조작 사건들이 실존했던 것도 마음이 편하지 않은 이유다.

요즘은 병영 생활이 예전과는 비교도 할 수 없을 정도로 개선된 것은 사실이다. 최근 삼 년간 울산에 소재한 군부대 장병들을 대상으로 하는 문화체육관광부에서 주관한 인문학 강의를 하면서, 병영 생활을 어느 정도 지켜볼 기회가 있었다. 하루 일과가 끝나면 휴대폰도 사용할 수 있고, 도서실에 꽤 많은 책도 구비되어 있어서 격세지감을 느꼈다. 물론 각 부대장의 역량과 운영방침에 따라 차이는 있겠지만, 전반적으로 과거와는 비교할 수 없을 만큼 쾌적한 환경이었다. 가족들이 걱정하지 않도록 온라인을 통해서 훈련받는 모습이나 사병들의 모습을 사진으로 사이트를 통해서 볼 수 있다고 한다. 그러고 보니 몇 년 사이에 사병들의 대우가 개선된 것은 분명해 보인다. 이는 국민의 인식이 개선된 점도 있고, 군부통치의 막이 걷히면서 부당해도 참는 군대가 아니라 잘못된 것은 바로잡고 개선하려는 노력이 있었음을 부정할 수는 없다.

이등병은 사병 중에서도 가장 계급이 낮다. 우스갯소리로 병장은 장성, 즉 별에 비유하기도 한다. 제대할 때쯤 되면 몸과 마음이 한결 편해지는 것도 사실이다. 군대는 상하 수직적 구조가 명백한 조직 사회다 보니 계급이 오를수록 편해지는 건 자연스러운 현상이라고 볼 수 있다.

모순되게도 입대하게 되면 가장 대화를 많이 하는 축은 이등병과 병장이다. 가장 낮은 사병과 가장 높은 사병의 대화는 의외로 대등하게 주고받는 식이다. 민간인에서 갓 군인이 된 이등병과 이제 민간인으로 곧 제대할 병장은 서로 다른 이유로 두려움을 앞두고 있다. 낯선 병영 생활이 두려운 이등병, 그리고 급변하는 사회에 적응이 두려운 병장은 그래서 서로의 정보를 공유하는 묵시적인 관계를 맺게 된다. 이제 다시 시작할 젊은 날의 꿈은 이렇게 영글어 가고 대한민국을 지키고 발전시켜 가는 밑거름이 된다. 훈련병 김임구를 포함한 전국에 복무 중인 이등병들에게 부디 아프지 말고 대한민국의 아들임을 잊지 말라고 당부하고 싶다.

관계(關契)의 관계(關係)

유유상종(類類相從)이란 말이 있다. 말 그대로 '끼리끼리 어울린다.'라는 의미이지만, 이 단순하고 식상한 한자어에는 동시대를 살아가는 사람과 사람 사이의 관계를 형성하는 데 걸림돌이 되는 여러 가지의 동류(同類)로서의 조건이 따른다. 학연, 지연, 혈연을 바탕으로 한 이들의 아집과 교만은 급기야 각종 농단(壟斷)을 배양하기에 이른다.

국정농단 사건으로 인해 농단의 의미가 국민을 기만하고 국정을 농락하는 것쯤으로 인식되고 있다. 원래의 의미인 이익을 독점하는 것과는 조금 거리가 있지만, 실제로 농단을 위해서는 농락을 기반으로 하는 거니, 큰 이해의 차이는 없을 듯하다. 이런 '어울림'에 대한 기본은 서로를 존중하는 마음을 바탕으로 해야 아름다운 관계(關係)가 이루어지고 지속해서 오랫동안 유지될 수 있다.

요즘 회사나 기관에서 흔히 볼 수 있는 IC칩으로 만들어진 출입증처럼 과거에는 '관계(關契)'라는 것이 있었다. 나무로 만든 이 관계는 군사적인 임무를 띠고 있는 병사들이 주요 군사시설을 지나갈 때 주는 일종의 표찰이었다. 언젠가부터 지금 우리에게는 알게 모르게 관계(關係)를 맺기 위해 눈에 보이지 않는 관계(關契)를 제시해야 하는 것이 아닐까 하는 의구심이 들었다.

어느 지역 출신이고 학교는 어디를 졸업했는지를 확인하고서야 비로소 경계를 풀고 친밀도를 격하게 표현하는 모습은 심심찮게 찾아볼 수 있다. 우리나라는 특히 혈연과 동문에 대한 관심이 남다르다. 그나마 핵가족화가 되면서 혈연은 응집력이 많이 약화된 모습이지만, 그래도 동문으로 맺어진 선후배 간의 관계는 여전히 어떤 부정한 상황에서도 비이상적인 결집력을 보인다. 오죽하면 학력 위조를 공공연하게 자행해 가면서까지 그 무리에 끼고 싶어 하는 사람들이 있을까.

다수의 인간관계로 폭넓은 교류를 가지기보다는 특정 분야의 깊은 만남을 선호하는 나의 경우는 그다지 많은 관계(關契)는 원하지 않았다. 평소 정계나 재계, 특히 문단에서 활동하는 사람들 간의 '패거리문화'에 많은 반감을 가지고 있었기 때문이다. 그들이 출판계에 미치는 영향력을 감안하면 의도적으로 관계를 맺을 필요가 있지만, 그러고 싶지 않았다. 그래서 사적으로 누군가를 소개받고 친분을 갖게 되는 일은 매우 드물 수밖에 없었고, 원치 않는 일이기도 했다. 그럼에도 주변인에게 소개를 받아 맺게 된 관계가 단발성으로 끝나지 않고 유지되는 경우도 있다. 애초에 성가신 관계가 될지도 모른다는 우려와 달리 또 다른 관계를 양산하고 서로의 생활권에 스며들며 또 다른 유유상종이 되는 일은 자연스러운 진행이 될 수도 있겠다. 이런 특별한 경우는 서로에게 맞춰가려는 조심스러운 배려와 따뜻한 관심이 있었기에 가능한 일이었다.

이렇듯 관계(關契)는 그들만의 관계(關係)를 위해서 필요한 것이 아니라 우리 모두가 서로를 이해하고 존중하는 마음에서 만들어지는 것이라고 여긴다. 관계를 위한 관계가 아니라, 소소한 배려들이 유기적으로 시간에 맞물려 점점 깊어지는 관계가 결국 세상을 밝게 하는 자양분이 될 것이기 때문이다. 비록 기우(杞憂)를 내포한 만남이었지만, 애가 만난 이들과는 지속적으로 관계(關係)를 오랫동안 이어갈 수 있기를 소원한다.

Work and Life Balance

요즘 또 하나의 준말이 주목받고 있다. 바로 워라밸이다. '일과 삶의 균형'을 뜻하는 Work and Life Balance의준말이다. 한국식 영어를 의미하는 콩글리시지만, 기발하다. 요즘 취업을 준비하는 청년들 사이에서 워라밸이 유행하는 이유는, 연봉이나 삶의 질이 직장 선택의 기준이 되고 있기 때문이다. 잦은 야근이나 특근으로 자기 시간을 가질 수 없을 바에는 연봉이 좀 적다고 해도, 여행이나 휴식을 취할 수 있는 직장을 선호한다는 것의 방증이기도 하다. 그러나 한 여론 조사기관은 직장인들의 워라밸에 대한 만족도는 9.5%에 불과하다고 발표했다. 그만큼 현실과 이상과의 괴리감이 크다는 이야기다.

정부가 2018년에 신혼부부 88만 가구, 청년 75만 가구를 대상으로 한 주거 대책을 발표한 바 있다. 지난 정부와 대비해 3배에 달하는 예산을 투입해서, 심각한 저출산 문제를 해결하고, 국민의 주거복지도 개선하여 두 마리 토끼를 잡겠다는 계획이었다. "국민들의 삶에서 주거가 너무나 큰 부담이 되고 있다. 특히, 청년들과 신혼부부는 새로운 삶을 시작할 수 있는 기본적인 주거를 구하기조차 힘들다. 그동안 내 집 마련을 위해 개인과 가족이 너무 큰 짐을 져왔다. 이제 국가가 짐을 나누어 지겠다."고 했다. 당시 국토교통부 장관도 정책발표 전에 본인이 결혼 후 12~3년을 전셋집을 전전했으며, 41살에 처음 집을 장만한 경험을 이야기하며 정책 각오를 다졌다고 한다.

N포 세대라고 한다. 하나둘 포기하다가, 지금은 도대체 얼마나 더 많은 것을 포기해야 할지 모르는 세대를 일컫는다. 청년들이 결혼은 고사하고, 이젠 평생직장이라는 것은 기대조차 하지 않는다고 한다. 30대 중반을 훌쩍 넘어선 노총각, 노처녀들을 흔히 볼 수 있다. 노(老)가 아니다. NO다. 결혼을 희망하지만, 못하는 것이 아니라, 사귀는 사람이 있어도 결혼은 하고 싶지 않은 것이다. 자유연애를 꿈꾸는 낭만적인 해석이 아닌, 아무것도 할 수 없는 현실적인 해석을 말하는 것이다.

결혼을 포기한다는 것은 출산을 포기하는 것과 다름없는 이야기다. 올해 신생아 수는 겨우 30만 명 정도에 그칠 전망이다. 1981년 이후 최저를 기록할지도 모른다. 이 추세대로라면 국가 위기가 올 수도 있다. 저출산은 단순히 인구가 줄어든다는 개념이 아니다. 기존 국가 경제 구조의 붕괴를 의미한다. 교육기관의 연이은 폐교를 시작으로 실업자 수의 증가, 제조를 비롯한 인력이 필요한 모든 사업 부문이 무너져 내릴 수밖에 없다.

저출산은 국가와 국민이 한마음으로 해결해 가야 할 문제다. 임대주택이 들어선다는 소식이 들리면 예정지 일대에서는 반대 여론이 들끓는다. 이런 현상을 님비(Not In My BackYard; NIMBY)라고 하는데, 한마디로 지역이기주의다. 공공의 이익을 위해서는 필요하지만, 내 뒷마당에는 안 된다는 뜻이다. 무서운 말이다. 장애인 시설이나 쓰레기 소각장 등은 설치될 때마다, 정부와 주민의 심각한 마찰을 동반한다. 속내는 비슷하지만, 반대되는 핌피 현상(Please In My Front Yard; PIMFY)도 있다. 관공서나 학교 등 지역발전이나 이익에 도움이 되면, 지방자치단체까지 나서서 유치운동을 벌이는 것을 의미한다. 이 얼마나 기막힌 노릇인가.

수준은 '급(級)'과 비례한다. 수준이 낮으면 급이 낮아진다. 이는 격(格)과도 멀지 않은 개념이다. 국민의 수준은 공공의식의 높낮이에 있다. '난 절대 손해 볼 수 없다. 득이 되는 것만 가질 테니, 어서 내놓아라.'라고 주장하는 '우리'의 수준은 어느 급에 해당이 될 수 있을까? 격이 떨어지는 시위나 집회는 객관적인 시선으로 보면 어이없다. 그러니 기초의원 선거에서 툭하면 뭘 유치하고, 뭘 이전시키겠다는 속 보이는 공약이 먹혀들어 가는 수준을 보여줄 수밖에 없다. 주민맞춤식 선거가 끝나고 나니, 공약 이행의 시늉은 해야겠고, 불필요한 지방 예산과 인력을 써가며 소모전을 벌이기도 한다.

역발상이 필요한 시점이다. 유해시설의 경우도 국가와 국민을 위해서 꼭 필요하다면, 정부가 다각적으로 검토한 후, 안전하다고 판단한 곳에 설치할 수 있도록 모두 협조해야 한다. 물론 장소를 선정하기 위한 객관적인 판단이 정치적인 목적보다 앞서야 한다. 반대를 계속하다 보면 안전하지 못한 곳이라도 선정해서 실행해야만 하게 된다. 필요에 의해 기관이나 시설이 설립되는 것을 막을 수는 없다. 무조건 반대할 것이 아니라, 오히려 안전과 유지를 위

한 만반의 준비를 하는 데 힘을 모으는 것이 효율적이라고
볼 수 있다.

　정권이 바뀔 때마다 저출산 문제를 해결하기 위한 새로
운 정책을 내놓곤 한다. 그 조치가 제대로 실행되지 못하
면 국가의 퇴보는 불 보듯 뻔하다. 게다가 '워라밸'을 표방
한 임대 주거시설은 유해시설도 아니다. 방사능 시설이나
핵 폐기시설 같은 유해시설이 아닌 주거시설이 들어서면,
상가를 비롯한 교육기관의 증설도 불가피하게 된다. 지역
의 활성화에 오히려 도움이 되는데, 정부는 매번 님비현상
을 우려하여 실행에 어려움을 겪는다고 한다. 님비현상과
워라밸은 상반된 개념이고 정부에 대한 불신과 정치인들
의 얕은수를 겪은 국민들이 '두 번은 속지 않겠다.'는 이유
로 반대하고 있는 건 아닌지 살펴보아야 한다. 매번 잘못
된 정책에 대한 일말(一抹)의 사과도 없이 정권교체를 이루
어왔던 전례들 때문에 '님비현상'을 우려하는 정부의 입장
도 이해는 간다만, 이 모든 우려가 기우(杞憂)에 그칠 수만
있다면 얼마나 다행한 일일까.

물어보자, 삶에게

폭력이 난무하는 세상이다. 언어와 성폭력이 사회 전반적으로 팽배한 지는 이미 오래다. 침묵의 세월이 길었던 탓에 최근 불거졌을 뿐이다. 편의점 아르바이트생에게 반말은 예사고, 손수레를 밀고 앞서가는 노인에게 자동차가 경적을 울리는 것쯤은 아무것도 아니다. 설사 노인이 놀라쓰러진다 해도 유유히 그냥 지나가는 차량이 대부분이다. 이렇듯 사회적 약자의 불이익은 사회 관심 밖의 일들이었기 때문에 당시의 우리에게는 예사로운 일이었다. 그들을 바라보는 사람들은 '그러니까, 노후에 고생하지 않으려면 열심히 살아야 해'라고 다짐하는 정도였다.

스포츠 일각에선 선두권을 다투는 비등비등한 선수들에게 선발 특혜를 준다는 미명하에 우롱되어 왔던 인권도 '메달획득'을 위해서라면 국가는 기꺼이 눈을 감아주었다. 관련 부처에서도 '모르쇠'로 일관된 입장 표명도 당연시 여기던 시절을 우리는 견뎌왔다. 다만 '이 지경까지인 줄은 몰랐다.'는 고위직 공무원들의 태도가 야속하기만 했던 시절이었다. 이는 어느 정도 그럴 줄은 알았지만, 이 정도로 심각한 줄은 몰랐다는 의미와 상통한다. 툭하면 '담당자의 실책'이고, 툭하면 '국민들에게 송구스럽다.'는 판에 박힌 사과 성명 발표가 일상이었다.

십여 년 전, 용산 철거민 점거 농성 당시에 강제 진압 과정에서 4명의 철거민과 17명의 부상자가 발생한 적이 있었다. 그들 목숨의 가치는 어디에서도 찾아볼 수 없었다. '사태'가 '참사'로 기록된 것이 전부였다. 강자가 약자에게, 약자가 약자에게, 국가가 국민에게 폭력을 행사하는 것은 물론이고, 가정과 교내에서 일어나는 폭력조차 '대의명분'이 단조롭던 시절을 우리는 살아왔다. 이제라도 사필귀정(事必歸正)과 권선징악(勸善懲惡)이 기지개를 켜는 듯해서 다행한 일이다. 한마디로 새로운 사건이 아니라 여태 자의 반 타의 반으로 '사고'라고 믿어 왔던 사건들이 이제야 '사건' 취급을 받을 수 있게 되어서 다행이란 소리다.

사나운 것과 용맹한 것은 의미가 다르다. 대상을 가리지 않고 폭력과 폭언을 일삼는 것은 사나운 것일 뿐, 용맹과는 거리가 멀다. 얼마나 정의로운가 하는 것이 이 둘을 구분하는 잣대가 될 수 있겠다. 가장 위험한 것은 맹목적인 사나움이다. '묻지 마 살인'은 장소와 대상을 가리지 않는다. 가해자와 동등한 장소와 시간에 머물렀다는 것이 범죄동기일 뿐이다. 2018년 10월에 만취한 20대가 길에서 폐지를 줍던 58세 여성을 무차별 폭행한 사건이 발생했다. 끝내 피해자가 숨지고 만 안타까운 사연이었다. CCTV 영상 속에 비친 당시 상황은 참혹하기 그지없었다. 살려달라고 애원하는 사람을 무차별 구타하는 장면은 '원한관계'를 추정해 볼 수 있을 만큼 잔혹했다. 수사가 진행되면서 놀라운 사실이 밝혀졌다. '원한'은 고사하고 심지어 전혀 서로가 모르는 타인이었다. 이런 허망한 죽음이 또 어디에 있을까.

그날 그 자리에서 이십 대 젊은이의 눈에 어머니뻘의 그녀는 어떻게 비친 것일까. 그보다 그는 평소에 어떤 사람이었을까. 검찰은 당시 박 씨가 범행 전 '사람이 죽었는지 안 죽었는지' 등을 검색한 점을 고려해 살인 혐의를 적용해 무기징역을 구형했다. 그러나 창원지법 통영지원은 박 씨에게 징역 20년을 선고했다. 재판부는 '피해자를 잔인하게 폭행해 숨지게 했지만 형사재판을 받은 전력이 없는 초범'인 점과 '어린 나이에 한 가정의 가장 역할을 하고 있고 반성하는 모습까지 고려했다.'라며 양형 이유를 밝혔다고 한다. 그의 검색어를 살펴보면 살인의도와 잠재적인 범죄의식이 충분히 엿보인다. 폭력 또는 살인 대상을 물색하고 다닌 것은 아닌지 의심이 가는 부분임에도 재범위험성 평가 결과 '추가 살인 가능성에 개연성이 없다.'는 이유로 전자발찌 부착 청구도 기각되었다. 그를 엄벌에 처해 달라는 국민청원이 41만 명을 넘어섰는데, 법은 초범인 그에게 갱생의 기회를 주었다.

　너무 비약한 예겠지만, 히틀러도 유대인 학살 초범이었고, 이완용도 매국 초범이었다. 초범도 초범 나름이다. 사형제도는 나도 반대하지만, 사회와의 영구격리만큼은 꼭 필요하다고 생각한다. 법은 죄에 대한 구형보다 유사한 범죄를 방지하는 데 기여하며, 평화로운 질서를 유지하는 데 그 목적을 두어야 한다. 사람이 사람에게 해악을 끼칠 때는 반드시 이유가 있어야 한다. 살아간다는 것은, 때로는 수많은 물음표로 탐구하고, 때로는 느낌표로 감동을 주고받고, 때로는 쉼표처럼 쉬어가기도 하며, 줄임표로 침묵할 줄도 알아야 하며, 때로는 큰따옴표로 할 말은 하는 용기도 필요하고 작은따옴표로 혼잣말할 때도 있어야 한다. 그리고 마침표로 삶을 마무리하는 과정이 아닐까.

 법은 형평성과 판례를 따르는 원칙도 중요하지만, 그보다 더 중요한 것은 급변하는 '삶의 가치'에 대한 국민들의 공감임을 잊어선 안 된다. 상식을 기반으로 한 정서를 반영한 재판의 결과에 고개를 끄덕일 수 있어야 한다. 도무지 납득이 가지 않는 판결은 두고두고 판례로 남아 악의 숙주 역할을 수행하는 과정을 언제까지도 되풀이할 수는 없는 노릇이다. 평화는 구성원들의 암묵적인 동의에 의해서만 유지될 수 있음을 기억해야만 한다.

 그 누구도 함부로 타인의 삶에 마침표를 찍을 권리는 없다. 게다가 가해자가 누구인지, 영문도 모른 채 청천벽력의 변고를 당한 고인과 유가족들의 가슴에 남은 한(恨)은 또 어찌할 것인가. 이들의 희생이 헛되지 않도록 오래 기억함으로써 두 번 다시 이런 일이 생기지 않도록 우리 모두가 파수꾼이 되어야 한다. 지면을 빌려 삼가 고인의 명복을 빌며, 유가족들에게 위로를 건넨다.

떠버리의 소신(所信)

부대낀다. 삶은 이런저런 이유와 관계를 들어, 누군가와 어김없이 부대끼며 살아가게 되어 있다. 특히 어떤 사건이 벌어졌을 때, 이를 바라보는 시선들은 당사자는 물론이고 주위 사람들까지 불편하게 만든다. 가령 초등학교 교사가 초등학생과 부적절한 관계를 맺은 사건과 문인들이 어떤 사건에 연루되었거나 의혹이 제기되었을 때 퍼지는 속도는 그야말로 조명탄이 밤하늘을 밝히는 것보다 더 빠르게 전파된다. 무엇보다 그들은 사회적으로 존경받는 직업군이었다는 것이 이유가 될 수도 있겠다.

언론사에 제보하는 네티즌들의 활약은 온라인상에서 가히 눈부시다. 그러다 보니 신속한 보도를 내세워, 특종을 위해서라면 하루에도 수많은 사진과 동영상이 검증을 거치지 않고 보도가 되는 불상사가 생기기도 한다. 이번에도 그랬다. 유명시인이 문하생을 성폭행했다는 보도를 접하고, 연이어 출판사를 통한 사과문이 보도되어 한 치의 의심도 하지 않았다. 그래서 더 이상의 검증을 거치지 않고 이 사건을 한 일간지에 칼럼으로 게재했다. 이것이 문제가 되어 유명시인 본인과 그의 부친으로부터 언론사를 통해 정정 보도를 요구받은 바 있다. 어쨌든 필화(筆禍)는 피곤한 일이다. 보도자료를 맹신했던 우를 범한 건 나의 실수지만 뭔가 석연치 않다.

그랬다. 이래저래 글을 쓰는 사람이나 교단에 서는 사람은 '부적절한 것'들에 대해서 과하게 암묵적인 압박과 통제를 받아온 것은 사실이다. 그렇지만, 그렇기 때문에 진심이건 가식이건 대중에게는 명예로운 직업으로 대부분 인식하고 있고 표현되기도 한다. 그것이 우리가 타인들로부터 '선생님'으로 불리는 이유이기도 하기 때문이다.

부대끼고 싶지 않다. 특히 글을 쓰는 사람과는 부대끼고 싶지 않은 이유는 딱 한 가지다. 저마다의 논리와 감성으로 이야기를 풀어가기 때문에 그 부대낌은 언제 끝날지 모르는 소모전으로 그치게 마련이기 때문이다.

떠버리가 된 심정이다. 습관처럼 수다스럽게 떠들어 대는 사람을 낮잡아 이르는 말을 '떠버리'라고 한다. 내가 인기 작가가 되어본 적이 없는지라 우쭐해 본 기억은 없지만, 문학을 배우고 싶다고 연락이 오는 경우가 왕왕 있다. 그럴 때마다 번번이 거절하는데, 이유는 단 한 가지밖에 없다. 언제 발생할지도 모르는 유혹들을 이겨낼 자신이 아직 없기 때문이다. 생계를 빙자해서 원고료와는 비교도 안 될 정도로 많은 수업료를 받아 챙기다 보면 어느 순간부터 거만해질 수도 있는 유혹, 대부분이 여성인 점을 미루어 볼 때 사적인 감정의 유혹을 이겨낼 자신이 아직은 없다. 누구보다 자신이 있으면서도 막상 어떤 상황이 닥쳤을 때 쉽게 무너지지 말란 법이 없지 않은가. 물론 기우에 불과할 수도 있다. 한편으로는 아직 내 수준이 그에 다다르지 못한 것에 대한 핑계일 수도 있다.

요즘은 개인의 생각을 타인에게 표현할 기회가 많아졌다. 앞서 언급한 블로그를 비롯한 온라인상에서는 물론이고 이와 연계한 모바일 프로그램도 눈에 띄게 늘었다. 그러다 보니 개인의 사생활은 물론이고 남들과 소통할 수 있는 기회도 늘어났다. 한때 온라인 모임 '밴드' 열풍이 전국의 동창들은 물론이고 해외에 있는 친구들까지 불러들이는 이변도 생겨나지 않았던가. 그 동창밴드를 통해 조장된 불륜은 얼마나 많았으며, 사기, 폭력 등 강력범죄도 그 수만큼이나 많았음을 기억할 것이다. 차라리 졸업앨범을 뒤적이며 학창 시절의 추억으로 남겼더라면 더 행복했을 수도 있었을 사람들이 '나 같은 마음'으로 살아오고 성장했으리란 막연한 믿음 하나만으로 다시 만났을 때의 실망감도 느껴 본 이가 적지 않으리라 여긴다. 물론 긍정적인 모습으로 변한 동창을 만났을 때의 다행스러움도 적지 않았겠지만,

원래 '미담'보다 '악담'이 더 빠른 법이다. 좋지 않은 소문은 더 좋지 않은 소문을 잉태하고 무책임하게 어느 시점에 사생어(私生語)를 출산해 버리고 불명예스러운 의혹으로 성장하다가 훨씬 더 많은 시간이 지나서야 명을 다 한다.

인간은 외롭다. 홀로 태어나서 외롭기도 하고, 홀로 떠나야 하기 때문에 더욱 외롭기도 하다. 그래서 불안하다. 누구나 '나 홀로 남겨질지도 모르는 공포'를 잊기 위한 노력을 게을리하지 않는다. 하루가 멀다 하고 모임에 가입하고 '나를 외롭게 만드는 모임'은 과감하게 탈퇴하기도 하며,

이도 저도 마음에 안 들면 새로운 모임을 만들기도 한다. 물론 그 모임조차 완전히 새롭기는 힘들지만 말이다.

부대끼지 않고 살아가려면 '나'와 상반되는 생각을 하더라도 '부대낌'으로 인지하기보다는 '의지하려는 자의 몸짓'으로 이해를 하고 접근하는 것이 맞다. 누군가 내게 기대려고 할 때 어깨를 내 줄 수 있어야, '나'도 누군가에게 기댈 어깨를 기대해 볼 수 있다. 적어도 떠버리가 되어서는 안 된다. 사회에 대한 불만과 개인을 향한 인신공격은 또 다른 부대낌을 양산한다. 특히 글을 쓰거나 말을 하는 것을 직업 삼은 이들은 더더욱 신중해야 한다.

이번 경우를 여러분들이 타산지석(他山之石)으로 삼았으면 한다. 그동안 방송에서 보도된 내용을 근거해서 한때나마 한 치의 의심도 없이 글을 게재한 나의 소신이 한 작가의 명예에 손상이 갈 만큼 '떠버리의 소신'에 불과했다면 사과하는 것이 옳다. 두 번 다시 번복하는 이변이 일어나지 않길 바라는 마음 가득하다. 더 이상 이런 식의 부대낌과 마주하고 싶지 않다.

모순(矛盾)의 묘(妙)

모순(矛盾)은 중국의 전국시대(戰國時代) 초(楚)나라에 창과 방패를 파는 한 상인(商人)이 호객행위를 하다가 한 구경꾼에게 여지없이 망신당한 이야기다. 상인이 창의 예리함과 방패의 견고함을 자랑하던 중에 한 구경꾼이 "그럼 그 창으로 그 방패를 찌르면 어찌 되는 거요?"라고 묻자 할 말을 잃고 달아나 버렸다고 한다.

모순은 앞뒤가 맞지 않는 상황에 흔히 쓰인다. 모(矛)는 창의 뜻을 가졌고, 금문(金文)에는 전차에 끼우기 위한 고리가 그려져 있다. 사람이 들고 다니는 용도가 아니라 전차에 끼워서 적을 위협하던 용도로 쓰였다고 한다. 순(盾)은 투구에 차양을 내린 형태로 원래 눈을 보호하기 위한 목적이었다. 여기에서 주목할 것은 '눈'이다. 앞이 보이지 않으면 적을 공격하거나 막는 것이 곤란할 수밖에 없다. 몸의 눈만큼이나 중요한 것이 마음의 눈이다. 몸을 다치면 불편해질 뿐이지만, 마음을 다치면 생을 버릴 수도 있다. 적어도 '먹고사는 것'에 고민이 없을 법한 사람들이 극단적인 선택을 하는 것도 모두 이 '마음'을 다쳤기 때문이다. 타인의 마음을 이해하고, 타인의 말을 귀담아듣지 않으면 자가당착(自家撞着)에 빠질 가능성이 높다. 상인이 팔던 창과 방패는 과연 어떤 제품이었을까? 당대 최고의 무기였을지도 모른다. 다만 과장된 표현이 그를 일순간 바보로 만들어 버렸을 수도 있다.

말도 되지 않는 말을 설득력 있게 표현하는 사람을 가끔 만난다. 반면 진솔한 사람이 제대로 표현을 못 해서 전전긍긍하기도 한다. 흔히 사회적 성공의 척도라고 여기는 돈과 명예를 가진 이들은 모순되게도 전자인 경우가 많다. 상대가 얼마나 능숙하게 어휘를 구사하느냐에 따라서, 가끔 선(善)보다 악(惡)을 선택하는 우(愚)를 범하기도 한다. 이는 건전하고 밝은 사회의 슬로건에는 뭔가 걸맞은 조건은 아니다. 그렇다면 당연히 바로잡는 것이 옳다. 과연 어디서부터 잘못된 것일까.

과장된 불안은 현실보다 더 큰 위기를 초래할 수 있다.

신종코로나의 불안이 극에 달했을 때 마스크가 부족하다는 보도가 연일 터져 나왔다. 싸구려 마스크가 말도 안 되는 고가에 팔리기도 했다. 얼마나 많은 말들이 우리를 불안하게 하였던가. 폭리를 취하기 위한 중개인이 등장하는가 하면, 방호효과가 전혀 없는 제품을 '신제품'으로 둔갑시켜 판매하는 경우도 비일비재했다. 당시에는 옆을 돌아볼 여유가 없었다. 그 후 정부가 공급 대책을 발표하고 마스크를 무상으로 기부하겠다는 사람들도 등장하기 시작했다. 직접 마스크를 제작하여 소외된 이웃에 공급하는 단체들도 늘어나는 천사의 기적도 심심찮게 일어났다. 이는 바람직한 현상이다.

중국으로부터 불어온 역병(疫病)에 한 종교단체의 집단감염으로 인해 공포가 극에 달하자, 이들을 향한 저주와 분노가 쏟아졌다. 종교 집회를 강행한 종교단체들의 행동은 분명 무분별했지만, 그들도 결국 우리와 함께 살아가야 할 사람들이었고 그러기 위해서는 그들도 우리가 품을 수 있는 방안을 마련하는 것이 시급한 상황이었다. 그 후 용서와 화해, 희망의 불씨를 지켜내기 위한 노력들도 곳곳에서 보였다. 그러자 종교단체들도 적극적으로 방역에 자발적으로 힘쓰는 모습을 보여줌으로써 우리나라의 방역이 세계 최고 수준임을 자랑할 수 있었다. 창과 방패는 공격을 위한 도구가 아니라 우리를 지켜내기 위한 그 무엇이어야 함을 보여주는 좋은 예라고 볼 수 있겠다.

디스토피아(Dystopia)

정글이다. 날마다 수많은 차량이 아파트 숲에서 빠져나와 도로 위를 빼곡하게 채우며 흘러간다. 저마다 목적지에 도달하면, 우리는 생기 잃은 고목처럼 저마다의 빌딩들 품을 파고들며 어제만큼이나 새롭지 않은 하루를 시작한다. 정글 속에서 생존을 위한 불멸의 진리는 '적자생존'과 '약육강식'이다. 별로 어렵지 않은 진리를 온갖 현학적인 표현과 우회적인 지식의 조각들을 가르치는 '학교'라는 곳도 있다.

아이들은 젖을 떼자마자, 어미의 품을 떠나 어린이집에서부터 경쟁이다. 유명한 곳이거나 선행 학습의 달콤한 덫을 놓은 곳이라면 치열한 추첨을 통해 선발되면 등원이 가능하다. 유치원은 어떠한가. 유명 대학 부설 유치원은 새벽부터 줄을 서는 북새통을 치르기도 한다. 놀이터는 아이들을 잃어버린 지 이미 오래다. 그 아이들이 모두 부설 유치원과 사립 초등학교 원서 접수 창구에 몰려 있다.

1949년에 조지 오웰이 쓴 소설 《1984》가 새삼 떠오르는 것은, 지금의 현실과 크게 동떨어져 있지 않기 때문이기도 하다. 유토피아와 상반되게 미래를 암울하고 부정적으로 그려낸 세상을 뜻하는 말이 디스토피아(dystopia)라고 한다. 대표적인 디스토피아 소설이라고 할 수 있는 이 작품에서 세상은 크게 4단계의 계급으로 구성되어 있다. 빅 브라더로 불리는 지배계급과 고위 공무원에 해당하는 내부 당원, 하위 공무원 격인 외부 당원, 그리고 가장 하위 계급인 프롬이 그것이다.

이 소설의 주인공 윈스턴 스미스는 국가체제에 의문과 불만을 가진 외부 당원이다. 각 가정에 공급된 텔레스크린은 CCTV와 비슷한 장치로 국민을 감시하고 세뇌하는 중요한 역할을 한 치의 관용도 없이 수행하고 있다. 주인공은 이에 대해서 끊임없이 자문한다. 당에 대한 불만을 표출해서도 안 되는, 표정까지도 통제하는 사회를 용납할 수 없는 인간인 윈스턴을 조지 오웰은 끝내 빅 브라더의 손에 담담하게 넘겨주고 만다. 그야말로 미래의 희망이라고는 찾아볼 수 없는 암울한 작품이 아닐 수 없다. 지금 우리들의 현실이 점점 그가 그려 놓은 미래를 닮아 가게 될까 봐 두렵다. 이미 닮아있기 때문에 두려운지도 모르겠다.

과거를 지배하는 자는 미래를 지배하지만, 현재를 지배하는 자는 과거를 지배한다. 얼핏 보면 맞는 말인 듯 보이지만, 조금만 더 깊이 생각해 보면 이중사고를 받아들여야 하는 모순을 찾아볼 수 있다. 그 모순의 역할, 이를테면 과거의 역사적 사실을 왜곡하고 조작 – 작품에서는 교정이라는 표현을 썼지만 – 하는 업무가 필요하게 되고 그 업무를 수행하는 말단 공무원 윈스턴이 절대적으로 필요했을 것이다. 그 과정에서 진실을 알고 조작해야 하는 윈스턴으로서는 고뇌와 갈등을 할 수밖에 없었던 것이다. 그럴 때마다 당에 반대하고 투쟁했던 세력들을 비판하는 〈2분 증오〉를 통해서 정신 무장을 강요한다.

소설 《1984》에서 찾아볼 수 있는 희망이라고는 잠시 사랑에 빠졌던 주인공의 탈출 시도 장면 외에는 찾아볼 수가 없다. 하물며 그 사랑조차도 해결할 수 없었던 견고한 모순의 세상 1984년은 조지 오웰에게도 그리 멀지 않은 35

년 후의 세상이었다. 전쟁은 평화, 자유는 예속, 무지는 힘이라는 빅 브라더의 슬로건은 그에게 어쩌면 소설이 아니라 현실이었을지도 모르겠다.

일본이 패망하고 제2차 세계대전이 끝난 시점인 1945년 8월 17일에 영국에서 출간된 소설 《동물농장》에서 그는 이미 인간들에게 착취당하던 동물들이 동물공화국을 세우고 똑똑한 돼지들이 지배한다는 줄거리의 풍자소설을 발표한 바 있다. 볼셰비키 혁명 이후 스탈린 시대까지의 소련의 정치적인 상황을 소재로 하고 있지만, 그 후에도 다양한 동물들의 모델이 누구를 지칭하는 건가를 두고 화제가 되었던 작품이기도 하다.

우리는 누구 하나 예외 없이 삶의 막바지를 맞는다. 누군가에게는 위기의 시기일 수도 있고, 또 누구에게는 기회일 수도 있는 막바지는 마지막 단계를 뜻하기도 하지만, 막다른 곳을 의미하는 '막판'과 '마지막'이라는 의미와 함께하기도 한다. 흔히 막바지를 오르막에 비유하기도 한다. 힘겹게 오르막을 오르고 나면 비교적 수월한 내리막을 만나는 것이 상식이다. 언젠가 마주할 우리들의 막바지는 다음 세대가 살아갈 미래이기 때문에 진지한 고민이 필요하다. 이제 다가올 미래를 앞으로 어떻게 만들어 갈지는 오롯이 우리의 마음가짐에 달려 있다.

유토피아를 현실에서 구축하는 것은 거의 불가능한 일이라 할지라도 적어도 우리 아이들을 디스토피아에서 살게 할 수는 없지 않은가. 그렇다면 지금이라도 과거의 부정부패를 청산하고 청정정부를 바로 세워야 한다. 과거를 지배해서도 안 되고 현실에 안주해서도 안 된다. 진실은 하나뿐이다. 과거를 가리고 나면 그 긴 휘장은 현재와 미래의 눈을 가리는 폐단으로 남을 수밖에 없다. 혹자는 국제 경쟁 사회에서 과거사에 집착하느라 뒤처지는 건 아닌지를 우려하기도 하는데, 이는 아주 위험한 생각이다.

솜처럼 부드러운 눈도 오랜 시간 쌓이면 견딜 수 없는 무게로 집채를 무너뜨린다. 대한민국 정부의 역사를 통틀어 지금만큼 대중의 정치적 관심을 본 적이 있었던가. 지금이 적기다. 현 정부가 그 어떤 부조리의 멸균 작업을 진행할지라도, 머뭇거릴 이유는 한반도 그 어디에도 찾을 수 없음은 분명해 보인다.

새해 유감(有感)

설날을 맞이하여 설렘을 안고 고향으로 가는 귀향 차량으로 올해도 어김없이 도로 곳곳에 정체와 지체가 반복되는 구간들이 많았지만, 한 가지 달라진 것이 있다면, **GPS**(Global Positioning System)를 통해 스마트폰이나 내비게이션을 이용해서 우회도로를 많이 활용하면서 예전처럼 서울, 부산 간에서 15시간 운행이라는 살인적인 과로운전은 거의 사라졌다는 점이다. 물론 전용차로제가 기여한 바도 크지만, 사상 최고의 실업률 등 경기의 악화로 인한 귀향객이 다수 줄어든 점도 크게 한몫으로 작용했으리라는 생각에 씁쓸함을 감출 수 없다.

'신데렐라'와 '빌 게이츠'를 꿈꾸던 수많은 청년 실업자들이 고향으로 돌아가기를 망설일 수밖에 없는 것이 우선 '나'를 믿고 기다리는 부모님이 실망하실까 봐, 가족, 친지들의 우려가 오히려 본인의 사기진작에 크게 도움이 되지 않기 때문이기도 할 것이다.

　모처럼 만난 형제자매간에도 해를 거듭할수록 대화가 줄어들고, 본가로 모여든 가족과 친지들이 차례상에 둘러앉아 기름기 가득한 차례 음식들로 더부룩하게 속을 채우며 이런저런 이야기를 나누게 마련이다. 그리고 어린 손주들의 등쌀에 거리로 나서면 설날 연휴로 대부분 문을 닫아서 갈 곳도 마땅치 않고, 집으로 돌아오면 사춘기를 맞이한 손주들은 PC방으로 사라져 버리고, 마침내 처음처럼 노부부만 덩그러니 남아 크게 달가워하지도 않는 차례 음식들을 자녀 순대로 나누어서 보따리를 챙기다 보면 어느새 연휴 마지막 날이다. 모든 집이 그렇지는 않겠지만, 대부분 가정이 이 범주에서 크게 벗어나진 못할 것 같다.

　설의 기원에 대해서는 여러 가지 학설이 전해져 왔다. 최남선을 비롯한 많은 학자가 설의 뜻은 '슬프다'는 뜻이지만 한편으로는 '삼간다' 또는 '조심하여 가만히 있다'는 뜻의 옛말 '섧다'에서 온 것이라고 주장해 왔고, 안동대 임재해 교수는 1년 동안 기다려 온 명절을 서러운 날로 보는 것은 현실과 동떨어진 견해라고 전제하고 「설」이란 해가 바뀌

어 모든 것이 낯설기 때문에 붙여진 이름이라고 한국 민속
학회가 발행한 「한국 민속학 연구 7집」에서 「설 민속의 형
성 근거와 시작의 시간 인식」이란 논문을 발표하고 이 같
은 학설을 제기한 바 있다. 설날은 일 년 내내 아무 탈 없
이 잘 지낼 수 있도록 행동을 조심하고 그해 농사와 관련
된 여러 가지 축원을 하는 날이었으며 원시시대 금제(禁制)
의 유제(遺制)일 것으로 풀이하기도 한다. 아직까지 이렇다
할 정설이 없음에도 불구하고 최대의 명절로 민족 대이동
을 불사할 수 있는 바탕에는 '새로운 해'를 맞이한다는 설
렘이 크게 자리하기 때문이 아닐까 싶다.

설은 봄, 신춘을 맞이하기 위해 인간이 얼마나 조심하고
근신해야 하는가를 일깨워 주는 말이기도 하고, 익숙해진
한 해를 보내고 새롭고 낯선 해를 새로운 다짐과 함께 시
작한다는 의미가 크다.

설날이 언제부터 우리 민족의 최대 명절로 여겨지게 되
었는지에 대해서는 정확하게 알 수 없지만, 고려시대에는
설과 정월대보름·삼진날·팔관회·한식·단오·추석·중구·
동지를 9대 명절로 삼았으며, 조선시대에는 설날과 한식·

단오·추석을 4대 명절이라 하였으니, 이미 오래전부터 설이 오늘날과 같이 우리 민족의 중요한 명절로 자리 잡았음을 알 수 있다.

이렇듯 소중한 우리 민족 고유의 「설날」이 언제부터인가 우울해졌다. 십여 분 남짓한 차례를 지내는 상을 준비하는 데 드는 비용이 마트 35만 원, 재래시장 27만 원이라는 보도가 나온 바 있다. 비용만의 문제가 아니다. 상차림의 주된 노동력이 여성에게 편중되어 있다는 불만은 오래전부터 있었지만, 이것도 옛말이다. 남존여비(男尊女卑)의 엄중한 위계질서가 구축(?)되어 있을 때의 이야기고, 맞벌이 부부의 일반화로 인한 여성들의 경제적인 성장으로 인해 이미 남성들의 명절 전후 아내 눈치 보기가 이에 버금가는 스트레스라는 주장도 만만치 않다. 그렇다면 이 대목에서 불현듯 궁금하다. 도대체 「설날」은 누구를 위한 명절인가?

학설처럼 낯설고 어색하면서도 서러운 설날은 고인(故人)들을 위해 살아있는 후손들이 할 수 있는 최선의 도리인가. 나는 실로 안타깝다. 추모(追慕)는 '산 사람'을 힘들게 하는 것이 아니라 죽은 이들을 '그리워하는 마음'이다. 그

마음을 표현하는 것이 차례(茶禮)이다. 차 한 잔을 올려서 예의를 다하는 마음이다.

직계자손이야 조상들을 위해 만든 자리라 할지라도, 정작 '명절증후군'에 몸살을 앓아가면서 상차림을 준비하는 며느리들이 뭔 죄인가 싶다. 허례(虛禮)와 허식(虛飾)은 모두 '헛치레'에 불과하다. 마음이 없이 무슨 정성을 기대할 것인가. 종교적인 개념으로 조상들에게 후손들의 앞날을 축복하고 기원한다면 또 모를까. 요즘 신세대 부부들은 그런 개념조차 모호해진 것 같다. 어른들이 제사를 지내니 그냥 따를 뿐 굳이 해마다 치르는 일종의 성가신 날 정도로 인식하고 있는 것은 아닐까.

매스컴에서 연말연시가 되면 즐겁고 풍요로운 설날과 추석 등의 명절을 묘사하지만, 일부 가정을 제외하면 대부분 그냥 그런 허례허식에 그칠 뿐일지도 모른다. 그렇다면 모두가 즐거울 방법을 찾으면 된다. '설날'이라는 계기를 통해서 멀리 떨어져 지내는 친지들이 오랜만에 한자리에 모여 고인들에 대한 즐거운 에피소드를 함께 나누면서 차 한 잔 나누는 그런 즐거운 자리면 그만이다. 중국으로 건너온

유교의 산탄(霰彈)에 맞아 후손들이 노동과 부담으로 신음하는 심각하고 의미 없이 즐거운 차(茶) 한 잔 나눌 수 없는 차례(茶禮)상을 언제까지 고인들과 마주해야 할지 고민이다.

그래도, 피노키오

 이탈리아에 대해서 별로 아는 바가 없다. 다빈치를 비롯해 라파엘로나 미켈란젤로 등의 미술계의 거장들이 먼저 떠오르는, 막연하게 예술혼이 자유로운 나라가 아닐까 싶은, 가보지도 못한 그 나라에 관심을 처음으로 가진 건 1883년 이탈리아 작가 콜로디가 발표한 동화 《피노키오의 모험(Le adventure di Pinocchio)》을 처음 접했을 때였던 것 같다. 동화에서 으레 그렇듯 착하고 가난하기까지 한 목수 제페토(Giuseppe Geppetto)는 나의 아버지였고, 서커스단에 현혹되어 학교를 빼먹기도 하고, 여우와 고양이를 만나 속임수에 넘어가 위태한 상황에 빠지기도 하는 피노키오는 영락없이 모자란 나의 모습이었다.

 동화 속의 그가 거짓말을 하면 코가 길어지는 징계를 받긴 하지만, 착한 일을 하면 다시 줄어드는 기회를 주기도 한다. 동화는 고래의 배 속에 갇힌 제페토를 구해내고 피노키오는 그토록 소망했던 '사람'이 되어 행복하게 마무리가 되지만, 성인이 되고 나서 다시 읽게 된 피노키오는 피터팬(Peter Pan)과 달리 부담스러워지기 시작했다. 자유롭게 하늘을 날아다니는 건 기본이고, 폭력적이고 어른이기까지 한 후크 선장과 맞서 싸울 수 있는 용기를 가진, 네버랜드의 지도자로서의 몫을 곧잘 해내는 전지전능한 영원불멸의 피터팬에 비해 피노키오는 뛰어난 능력을 갖지 못했을 뿐만 아니라 온갖 유혹에 잘 빠져드는 나약함은 물론이고 목숨 걸고 이루어 낸 성과는 겨우 '사람 되는 일'에 불과했기 때문이다.

나는 거짓말쟁이였다. 어릴 때는 어른들이 싫어할 만한 일을 했을 때 겁에 질려 본능적으로 거짓말을 했던 것 같고, 커가면서 물건이건 사람이건 갖고 싶은 욕망이 생길 때마다 거짓말을 했던 것 같다. 사춘기가 찾아왔을 때는 방문과 함께 마음의 문도 닫았다. 가족들조차도 이해하지 못할 만큼 심하게 앓았던 탓에 거짓말할 기회가 없어서 공교롭게도 가장 정직한 시기로 남아 버렸다.

사춘기가 지나자마자 밀린 거짓말을 할 기회가 잦아지기

시작했다. 글 쓰는 일 외에 현실에서는 보잘것없었던 나는 누구에게 피해를 주려고 한 것은 아니지만, 작은 것을 갖기 위해서는 작은 거짓말을, 큰 것을 얻기 위해서 큰 거짓말을 하기 시작했다. 거짓말은 잠시지만, 나를 고귀하게 만들어 주었을 뿐만 아니라 마치 동화 속의 주인공처럼 비련의 주인공으로 착각하게 만들어 주는 묘약 같은 매력이 있었다. 그리고 중년이 되어 버린 지금, 거짓말이 주는 공허함이 얼마나 많은 이들을 아프게 하는지 알게 되어서 자연스럽지 못한 상황에서도 직언을 하게 되어 오히려 융통성이 없고 사회성이 떨어지는 '까칠한 사람'이 되어버렸다.

대통령 선거철이 되면 온갖 화려한 공약과 기대감에 온 나라가 들썩인다. 국민들은 대통령에게 피터팬을 기대하지 않는다. 대선 토론에서 후보자들이 보여준 모습처럼 억울할 때는 역정을 낼 줄도 알고, 화가 날 때는 짜증도 낼 줄 아는 '사람'의 모습을 기대한다. 거짓의 화술로 능수능란하게 국민을 우롱하고 정권이라는 요정 가루를 흩날리며 권력의 날갯짓을 기대하는 어리석은 국민은 아무도 없을 것이다.

누구도 정권교체가 되었다고 해서 하루아침에 대한민국의 내일이 달라질 거라는 조바심을 갖지 않는다. 무슨 연유에선지, 어떤 이해관계로 인해서인지는 몰라도 막대한 예산을 들여서 그리도 서둘러 진행했던 4대강 유역의 무리한 개발로 인한 기초 생태계의 파괴 등 폐해들이 곳곳에서 심각하게 드러나고 있지 않은가. 서로에 대해서 이미 잘 알고 있거나, 대선을 통해서 알게 된 인사들의 허와 실이 이만큼 드러났다면, 여야의 균열이나 힘겨루기에 에너지를 소진하지 말고 국민을 위해 새로운 정권에서 상식적이고도 합리적인 인사가 이루어졌으면 한다.

국민들은 대통령이 가진 개인의 능력이 비록 우리보다 두드러지게 뛰어나진 않더라도, 고래의 배 속에 갇힌 우리의 간절함을 구해낼 수 있는 용기를 가진 피노키오를 원할 것이다. 임기가 끝나고 나면 우리와 같은 '사람'이 되어 함께 막걸리 한 잔 기울이며 거짓말이 아니라 악의 없는 허풍을 안주 삼아 어우러져 지내면 그만이다. 피하고 싶고 인정하기 싫어하는 체계적이고도 구체적인 거짓말은 그야말로, 끝내 사람을 참으로 부끄럽게 함을 명심해야 할 것이다.

키다리의 꿈

초판 1쇄 2024년 7월 5일

지은이 ┃ 김사윤
발행인 ┃ 김재홍
교정/교열 ┃ 김혜린
디자인 ┃ 박효은
마케팅 ┃ 이연실

발행처 ┃ 도서출판지식공감
등록번호 ┃ 제2019-000164호
주소 ┃ 서울특별시 영등포구 경인로82길 3-4 센터플러스 1117호
전화 ┃ 02-3141-2700
팩스 ┃ 02-322-3089
홈페이지 ┃ www.bookdaum.com
이메일 ┃ jisikwon@naver.com

가격 17,000원
ISBN 979-11-5622-877-6 03810